Inhalt

Der Herr im Café

I

Der Herr im Café, das sah Jänicke sofort, hatte merkwürdige Bewegungen. Er führte die Tasse wie jedermann gegen die Lippen, saß aber doch aufrechter als andere, so daß die rechte Hand, mit der er die Tasse hielt, eine umständliche Bewegung machen mußte. Aber dies war es nicht, was Jänickes Aufmerksamkeit erregte, sondern die Leichtigkeit, ja Schwerelosigkeit, mit der jener die Tasse, ja alle Gegenstände, deren er sich bediente, zur Hand nahm. Er trug eine Krawatte, die sorgfältig und in einer Art, die Jänicke nicht kannte, geknotet war, darüber eine bunte Weste aus Satin, deren Knopfreihe übermäßig lang erschien. Die Jacke war dunkelgrau, und es kam Jänicke vor, als hätte der Stoff, obwohl in bestem Zustand, längere Zeit irgendwo gelegen. An der linken Hand sah er einen Ring mit einem sechseckig geschnittenen, blauschwarzen Stein, etwas zu groß für die schmalen Finger. Eine Uhr trug der Fremde nicht, weder als Armband noch an einer Kette. Die Tasche seiner Weste war zugeknöpft.

Der Ober kam, der Herr zahlte. Dabei sah Jänicke, mit welch unwirklicher Gelassenheit er seine Hände bewegte, als wäre das Geld, das er auszugeben genötigt war, nebensächlich oder eine Sache der Höflichkeit und als käme es ausschließlich darauf an, dem Ober, der seine Hast nicht verbergen konnte, freundlich zu begegnen. Da Jänicke eine Verabredung einzuhalten hatte, wollte er sich nach der Zeit erkundigen und fragte den anderen, der, offenbar in der Absicht, das Café zu verlassen, an seinem Tisch vorbeiging, ob er wüßte, wie spät es sei. Er bekam keine Antwort. Als er seine Frage wiederholte, blieb der Fremde stehen, lächelte, aber er tat dies mit Nachsicht, so, als würde er ihm gern behilflich sein, wenn er sich nur verständlich machen könnte. Jänicke war verwirrt und schwieg. Der andere verbeugte sich gegen ihn, und als er das Café verließ, sah er sich an der Tür nochmals um.

Einige Wochen später, Jänicke hatte den Vorgang vergessen, saß der Herr wieder im Café. Er blätterte in einem Buch, hatte das Glas Cognac, das vor ihm stand, noch unberührt gelassen, sah nicht auf, als Jänicke mit dem Stuhl, den er zurechtrücken mußte, etwas zu sehr in seine Nähe geriet.

Jänicke bemerkte, daß es eine Partitur war, in der er blätterte. Kein eigentliches Buch, eher ein

Oktavheft, und was auf dem Titelblatt stand, kam ihm irgendwie bekannt vor: *Fünf Stücke für Orchester, Op. psth. von Anton Webern.* Dies las Jänicke. Dabei hatte er sich, um besser sehen zu können, nach vorn gebeugt.

»Nehmen Sie nur«, sagte der andere und hielt Jänicke die Partitur hin. »Ich bin mit Webern befreundet, und ich schwöre Ihnen, er ist das größte Talent, das Sie in Berlin zur Zeit finden.«

Jänicke konnte nur laienhaft Noten lesen, wußte aber, daß jener, von dem der andere behauptete, er wäre mit ihm befreundet und von dem er so tat, als wäre er in Berlin anwesend, seit langem gestorben war. Auch die Umstände waren ihm bekannt, fielen ihm aber, da ihn die freundliche und völlig unerwartete Geste irritierte, nicht ein.

»Anton Webern?« fragte Jänicke.

»Ja«, antwortete der andere. »Morgen wird er ein Gastkonzert geben. Wenn Sie Lust haben... Sie finden die Anzeige in jeder besseren Zeitung.«

2

Der Hinweis, den Jänicke in der Zeitung fand, war eindeutig. Unter der Rubrik »Konzertveranstaltungen« waren unter anderem Orchesterstücke von Anton Webern für das Abonnement vorgesehen, und zwar am Freitag der kommenden Woche. Eine Weile blieb er unentschlossen, ließ sich aber eine Karte reservieren.

»Wenn du Lust hast, treffen wir uns anschließend und gehen essen«, sagte er zu seiner Freundin. Dann, als es soweit war, er ging früher als nötig, um die Karte an der Kasse abzuholen, stand er in regnerischem Wetter vor dem Eingang zur Philharmonie.

Es war Ende Februar. Der Tiergarten lag in völliger Dunkelheit, und doch sah man, es konnte um diese Jahreszeit nicht anders sein, wie zurückgenommen alles wirkte, und die nassen Baumstämme glänzten, als wären sie mit Plastik überzogen. Von rechts her war ein ununterbrochener Verkehr im Gange. Scheinwerfer leuchteten auf, bogen ab, offenbar war die Zufahrt zur Tiergartenstraße gesperrt, und die Szenerie schien, obwohl nichts wirklich greifbar war, voller Bewegung. Da waren Schatten, die die Scheinwerfer erzeugten und wieder zum Verschwinden brachten. Neben der Bushaltestelle ragte ein Monument aus Eisen auf. Zwei Flächen, gute drei Meter hoch, fünfzehn Meter lang, waren so zueinander aufgestellt, daß man den

Zwischenraum, der entstanden war, bequem betreten konnte. Das Ganze wirkte wie ein Versteck, und Jänicke war versucht, es sich genauer anzusehen. Oder ging er die paar Schritte hinein, weil er glaubte, jener, mit dem er im Café ins Gespräch gekommen war und der ihn veranlaßt hatte, in diesem naßkalten Wetter auszuhalten, weil er glaubte, der Herr mit der Weste aus Satin und der übermäßig langen Knopfreihe wäre auf der gegenüberliegenden Straßenseite aufgetaucht? Und tatsächlich: Da ging jemand rasch auf den Eingang der Philharmonie zu, als hätte er sich verspätet. Jänicke sah auf die Uhr. Es war fünf Minuten vor acht, also höchste Zeit, den Mantel an der Garderobe abzugeben, und er wunderte sich, daß der Platz vor der Bushaltestelle immer noch leer war, als wäre da kein Publikum, das, wie sonst, dem Eingang zustrebte. Aber an der Garderobe sah er, daß er sich geirrt hatte. Die Haken waren mit Mänteln und Jacken zugehängt, und als sich die Tür zum Kammermusiksaal hinter seinem Rücken schloß, hatte er Mühe, in dem Gedränge seinen Platz zu finden.

Ein rascher Lichtwechsel, kurzer Beifall für das Orchester. Der Dirigent erschien. Es gab, was ungewöhnlich war, einige Zurufe. Man spielte Haydn. Es war die bekannte Präzision und Heiterkeit. Dies dauerte eine Weile, dann war alles still. Ein merkwürdiges Zögern, bevor der Dirigent den Taktstock hob, und der Wechsel zu Webern wirkte auf Jänicke wie ein Schock. In einer Stimmung, die die Musik Haydns geradezu auslöschte, begann da etwas auf ihn einzuwirken, das ihn an die Schatten erinnerte, die er neben dem Monument aus Eisen beobachtet hatte.

Fünf Stücke für Orchester, Op. psth. (1913), konnte Jänicke im Halbdunkel auf dem Programmheft seiner Nachbarin entziffern, dann wurde er unruhig, begann, obwohl er aufmerksam zuhörte, die Zuschauerreihen vor sich mit den Blicken abzutasten, und es kam ihm vor, als hätte er jenen, der vorhin so eilig und über den nassen Asphalt hinweg den Eingang der Philharmonie betreten hatte, längst entdeckt. Er saß in der ersten Reihe und hielt sich unbeweglich.

»Das hättest du hören sollen«, sagte Jänicke zu seiner Freundin, als sie Stunden später im Bistro beisammensaßen. »Es ist eine Musik, wie soll ich sagen... Nicht unangenehm, wenn man sich darauf einläßt.«

»Und der Herr im Café?«

Darüber wollte Jänicke nicht reden, wollte auch nicht erklären, warum er auf die Empfehlung eines

Unbekannten in der Philharmonie gewesen war. Sie bestellten Wein, und da Jänicke Durst hatte, trank er das Glas in wenigen Zügen leer. Ute hatte ihr graues Kostüm angezogen. Der Halsansatz über der Bluse war frei, auch fehlte die Kette mit den Holzperlen, die sie gewöhnlich trug, und Jänicke bemerkte, daß ihre Haut faltig zu werden begann, und die Muskelstränge am Kehlkopf traten stärker hervor als sonst. Nicht, daß ihm dies ein Problem gewesen wäre. Es wäre auch taktlos gewesen, sie auf die ersten Anzeichen des Älterwerdens aufmerksam zu machen, und was konnte man schließlich darüber sagen, außer daß die Zeit verging.

›Ja, so ist es‹, dachte Jänicke. In der rechten Ecke des langgezogenen Raumes, wo ein Podest stand, begann jemand auf einer Mundharmonika zu spielen.

3

Jänicke hatte Lehrer werden wollen, dies entsprach aber nicht seiner Neigung zur Ungebundenheit. Er war in mehreren Berufen tätig, schrieb Satiren über Philosophen und deren Gedankenwelt. Ja, dies war ihm die liebste Beschäftigung: Er konnte die kompliziertesten Sachverhalte seinen Lesern unterhaltsam nahebringen, und er hatte mehrere Bücher verfaßt, darunter einen Bestseller, der ihm ein sorgenfreies Leben sicherte. Ute hatte er vor fünfzehn Jahren kennengelernt. Er liebte sie, das war sicher, verwöhnte sie auch gelegentlich, indem er ihr teure Blusen und Halstücher kaufte, aber er weigerte sich zuzulassen, daß sie zu ihm in die Wohnung zog. Ute akzeptierte seine Gewohnheiten. Sicher, sie stritten oft miteinander, aber so, daß jeder rasch einmal nachgab. Auch gab es keine Laster, die sie einander hätten vorwerfen können. Jänicke trank gern ein gutes Glas Rotwein, sie, Ute, die auf ihre Gesundheit achtete, hatte sich das Rauchen abgewöhnt.

»Du hattest mich nach dem Konzert gefragt. Hör dir das einmal an«, sagte Jänicke eines Tages und hielt Ute zwei Kopfhörer hin.

Er hatte seinen CD-Player mitgebracht, den er umständlich in Gang setzte, und nun sah er Ute zu, wie sie auf die *Fünf Stücke für Orchester, Op. psth.* von Anton Webern lauschte. Sie machte zunächst ein ungläubiges Gesicht, als wäre da nichts, was sich anzuhören lohnte, dann schien sie amüsiert zu sein.

»Sehr modern«, sagte sie und setzte die Kopfhörer wieder ab.

Jänicke wollte noch etwas sagen, wollte ihr mitteilen, was für Empfindungen diese Musik bei ihm hervorrief...

»Als wäre man auf der Suche«, sagte er, »oder würde durch menschenleere Säle gehen, irgendwie unbehaglich.«

»Wie kommst du darauf?« fragte Ute, nahm, ohne die Antwort abzuwarten, ihre Handtasche vom Stuhl, kramte darin herum.

Sie zog einen Lippenstift hervor, konnte aber offensichtlich den Spiegel nicht finden, so daß sie ins Bad ging, und es dauerte eine Weile, ehe sie in den Flur zurücktrat.

Ob er sie vor dem Hotel absetzen könne, wollte sie wissen.

»Aber ja doch«, sagte Jänicke, der schon den Autoschlüssel in der Hand hielt.

Es war stockender Verkehr. Die Fahrt im Wagen dauerte eine Viertelstunde, obwohl das Hotel, in dem Ute arbeitete, keine fünf Querstraßen entfernt lag. Er faßte den kleinen Finger ihrer Hand, während er die Gangschaltung bediente, eine Geste, die ihr vertraut war und die sie sich gern gefallen ließ. Vor dem Hotel meinte sie, es sei nicht nötig, sie ins

Büro zu begleiten. Jänicke gab ihr einen flüchtigen Kuß auf die Stirn. Sie stieg aus, und bevor sie die Rezeption erreicht hatte, ging jemand auf sie zu.

›Sie ist wieder unentbehrlich‹, dachte Jänicke, sah auf die Uhr, die den Benzinvorrat anzeigte, und beschloß, da die Nadel im roten Bereich war, zur nächstbesten Tankstelle zu fahren.

4

Vier Wochen später bekam Ute eine Postkarte.

»Ich hoffe, es geht Ihnen gut«, schrieb jemand, »und ich hoffe, daß Herrn Jänicke der Webern gefallen hat. Ich bin hier in einer Gegend...«

Der Rest war unleserlich, ebenso die Unterschrift. Die Karte kam aus Israel. Man sah antike Ruinen. ›Samaria/Sebastije, Cisjordania‹, dies war die Beschriftung, und Ute ließ die Karte irgendwo liegen, vergaß sie wohl auch, bis sie eines Tages sah, daß Jänicke damit beschäftigt war. Das heißt, er zog die Karte, während sie frühstückten, aus seiner Jackentasche.

»Der Gruß war für mich bestimmt«, sagte Ute, und er, als müsse er sich vergewissern, musterte die Adresse.

»Entschuldige, sie lag in der Garderobe. Ich habe nie behauptet, daß sie mir gehört.«

Während sie aßen, gab es so etwas wie eine Verstimmung.

»Warum sagst du mir nicht, daß ihr Kontakt miteinander habt?« fragte Jänicke.

»Du irrst dich. Wir haben keinen Kontakt miteinander. Ich kenne nicht einmal seinen Namen.«

»Dann würde er dir nicht schreiben.«

»Offensichtlich doch«, antwortete Ute gereizt und schob ihm die Karte über den Tisch hinweg zu.

Es war ein merkwürdiger Anblick: Zwischen Teetassen, Marmeladegläsern und aufgeschnittenem Brot drängte sich ihnen ein Stück Glanzpapier aus einer völlig abwegigen Gegend auf. Man sah Steinblöcke, zu einem Halbkreis geformt, dahinter Zypressen, ein freies, unbewachsenes Feld, einem Hippodrom ähnlich, und weiter weg, im Hintergrund, ragte etwas Größeres auf, das schwer zu erkennen war. Dort war alles sonnenüberflutet, hier, in Jänickes Küche, die auf den Hinterhof hinausging und in der er gewöhnlich mit Ute frühstückte, war alles in ein Dämmerlicht getaucht.

5

Irgendwann frühstückte Jänicke allein, hatte aber ein zusätzliches Gedeck bereitgestellt. Es war nicht ungewöhnlich, daß Ute, obwohl sie die Nacht bei ihm verbringen wollte, erst gegen Morgen kam. Meist hatte sie sich um Gäste kümmern müssen oder war übermüdet auf dem Sofa in ihrem Büro eingeschlafen. Es konnte aber auch vorkommen, daß sie sich, und völlig unabgesprochen, eine Woche überhaupt nicht sahen.

›Ich werde ihr Blumen bringen‹, dachte Jänicke, und gegen Mittag sortierte er in Utes Wohnzimmer einen Strauß Rosen, suchte nach der Porzellanvase. Da er sie nicht fand, ging er ins Bad, legte die Rosen ins Waschbecken, achtete darauf, daß das Wasser, das er einlaufen ließ, nicht zu kalt war.

Gegen Abend saß er vor seinem Computer, ertappte sich dabei, daß er unkonzentriert war. Er stand ständig auf, um in Utes Wohnung oder im Hotel anzurufen – ohne Erfolg.

›Dann eben nicht‹, dachte Jänicke, überließ sich einem Gefühl der Verärgerung, beschloß, nicht weiter daran zu denken.

Am Sonntag darauf saß er wieder in Utes Wohnung, sah durch die Badezimmertür, daß die Rosen verwelkt waren. Offenbar war das Wasser durch den Gummipfropfen weggesickert, aber statt daß er sich darum kümmerte, ließ er alles, wie es war.

›Sie muß hiergewesen sein‹, dachte Jänicke. ›Aber die Rosen. Warum hat sie die Rosen nicht angerührt?‹

Er verließ Utes Wohnung, stieg in seinen Wagen, vermied es, an ihrem Hotel vorbeizufahren, und an der Straßenkreuzung ordnete er sich falsch ein, so daß er gezwungen war, in die Tauentzienstraße abzubiegen. Der Verkehr war hektisch, und er hatte, als er an dem Café vorbeikam, kaum Zeit, einen Blick durch das große Fenster zu werfen. Er beschloß, mit dem Wagen durch die Waschanlage zu fahren, aber da die Warteschlange übermäßig lang war, ließ er es sein, und wieder bog er in die Tauentzienstraße ein. Ein erneuter Blick durch das Fenster des Cafés, und diesmal kam es Jänicke vor, als lohnte es sich, genauer hinzusehen. Er fuhr in Richtung Nollendorfplatz, kehrte um, und nun achtete er darauf, daß er vor der Ampel zum Stehen kam. Sicher, er befand sich auf der Gegenfahrbahn, aber es gelang ihm, indem er die Scheibe herunterdrehte und sich hinauslehnte, es gelang ihm, ins Innere des Cafés zu sehen. Er glaubte Ute zu erkennen. Ja, es war Ute, die unmittelbar hinter dem

Fenster saß, und da war noch jemand, der auf sie einredete, und Jänicke kam die Art, wie er mit den Händen gestikulierte, bekannt vor.

›Sieh mal einer an‹, dachte Jänicke und war bemüht, dem Fremden ins Gesicht zu sehen. Es gelang ihm nicht, da er genötigt war weiterzufahren, und auf dem Weg zu seiner Wohnung begann er zu grübeln.

›Warum‹, dachte er, ›sollte sie nicht mit einem ihrer Klienten im Café sitzen? Schließlich ist es ihr Job, Kontakte für das Hotel zu knüpfen. Und vielleicht‹, dachte er, ›habe ich mich getäuscht, und es war ein anderer. Ein anderer‹, dachte Jänicke.

Hierüber wenigstens wollte er Gewißheit. Also ging er, nachdem er den Wagen abgestellt hatte, zu Fuß in die Tauentzienstraße zurück, und als er durch die Scheiben des Cafés sah, spürte er sein Herz klopfen.

›Wenn Ute jenen‹, dachte er, ›dem es gelungen ist, mich bei naßkaltem Wetter in die Philharmonie zu locken, wirklich kennt...‹

Aber sein Verdacht blieb unbestätigt. Das heißt, der Tisch, an dem der Fremde in Begleitung Utes gesessen hatte, war leer.

6

Gegen Abend geschah etwas Ungewöhnliches. Jänicke stand Ute in ihrem Büro, nur der schmale Schreibtisch war zwischen ihnen, gegenüber, und er wollte wissen, warum sie mit jenem, der ihm Webern empfohlen hatte, bekannt war.

»Wie kommst du dazu, dich ahnungslos zu stellen, wenn man mich in die Philharmonie schickt? Und warum«, fügte er hinzu, »hast du dich, als ich dir die Kopfhörer hinhielt und dich bat, diese Musik zu beurteilen, demonstrativ uninteressiert gezeigt?«

»Ich interessiere mich nicht für diese Musik.«

»Aber du triffst dich mit dem Herrn im Café!« schrie Jänicke plötzlich und schlug mit der flachen Hand auf den Tisch. Für Augenblicke war alles unentschieden. Ute hatte sich hinter dem Tisch aufgerichtet. Sie sah ihm erstaunt ins Gesicht, und auch er hatte bemerkt, wie unangemessen seine Reaktion war. Der Schlag mit der flachen Hand hatte einen Packen Papiere vom Tisch gewirbelt. Er bückte sich, sammelte die losen Blätter ein, legte sie, wobei er den Versuch machte, sie zu ordnen, auf die Tischkante zurück, und er strich sich, eine Geste der Verlegenheit, das Haar aus der Stirn.

»Entschuldige«, murmelte er.

»Ist schon vergessen«, antwortete Ute.

Und damit schien die Sache erledigt zu sein. Sie setzten sich, tranken etwas Sherry, Jänicke erwähnte, daß er ihr Rosen ins Waschbecken gelegt hatte.

»Ich habe die große Vase gesucht. Und natürlich«, sagte er, »legt man dergleichen nicht ins Badezimmer.« Und daß er die Rosen dort Tage später ohne Wasser und verwelkt vorgefunden hatte, darüber sprach er kein Wort.

Mitte Mai, das Wetter war strahlend, beschlossen beide, das Wochenende für eine Dampferfahrt zu nutzen. Jänicke staunte, wie breit die Havel war und daß man die Ufer kaum erkennen konnte. Überall üppiges, eben erst ausgetriebenes Grün. Von Nikolskoe her hörte man das Glockenspiel:

»Üb immer Treu und Redlichkeit.«

Beide lächelten über den Eindruck des Altväterlichen und daß man sich, wenn man die Augen schloß, in naive, wohlmeinende Zeiten zurückversetzt fühlte. Das Angebot auf der Speisekarte war mäßig. Ute aß ein aufgewärmtes Putenschnitzel, dazu, wie der Kellner versicherte, frische Möhren, Jänicke hatte sich Wiener Würstchen bestellt. Beide tranken Bier.

Der Dampfer war überfüllt, Kinder liefen zwischen den Bänken hin und her. Operettenmusik aus versteckten Lautsprechern, und wer am Heck, an der äußersten Umrandung, in unmittelbarer Nähe des Wassers saß, konnte beobachten, daß der Lärm unregelmäßig und wie in Wellen vom Ufer verschluckt, dann wieder zurückgeworfen wurde. Nach dem zweiten Glas Bier waren beide müde. Jänicke hielt über den Tisch hinweg Utes Hand. Ein Wind kam auf, der ein leichtes Schaukeln verursachte, und irgendwie, an jener Grenze zwischen erzwungener Aufmerksamkeit und dem Verlangen nach Schlaf, fühlten sich beide wohl.

Sie erreichten Potsdam, blieben aber, obwohl sie vorgehabt hatten, Sanssouci zu besichtigen, sitzen. Sie sahen dem Gedränge der Leute zu, die den Dampfer verließen, und als sie auf der Rückfahrt waren, dämmerte es schon, und von Nordwesten her schob sich eine Gewitterwand am Horizont hoch. Jetzt herrschte Windstille, auch die Lautsprecher waren abgeschaltet.

»Sieh mal«, sagte Ute und wies mit der linken Hand auf einen Schwarm Möwen. »Sie fallen übereinander her und sie kreischen ganz offensichtlich, aber man hört nichts.«

7

Jänicke bat Ute um den CD-Player und die *Fünf Stücke für Orchester, Op. psth.* von Anton Webern, die er in ihrer Wohnung liegengelassen hatte, und er bemerkte sehr wohl, daß Ute zögerte.

»Ich habe sie fallen lassen. Hoffentlich hat sie nicht gelitten.«

»Wenn schon«, sagte Jänicke und berührte mit der flachen Hand die silbrigspiegelblanke Fläche.

Er setzte die Kopfhörer auf, man hörte das Surren des CD-Players, und wie lange dies ging, wußte Ute nicht zu sagen. Sie wußte nur, daß Jänicke nicht mehr aufsah. Sie selbst stand neben der Bücherwand, hielt sich besonders aufrecht, so, als dürfe sie sich auf keinen Fall setzen und als müsse sie alles unterlassen, um die Spannung, die wie ein stilles Einverständnis zwischen ihnen herrschte, nicht zu stören.

»Du bist in letzter Zeit so unruhig«, sagte sie schließlich.

Jänicke stimmte ihr zu, nahm die Kopfhörer ab, packte auch den CD-Player samt Adapter und Schnüren zusammen und schob das Bündel in das unterste Schubfach der Kommode.

Sie fuhren in Utes Wohnung und überlegten, wo

der Spiegel, den Ute sich gekauft hatte, am besten zur Geltung kommen würde. Jänicke bestand darauf, daß er in der Nähe des Fensters hängen sollte, Ute wollte ihn neben der Tür im Halbdunkel haben.

»Sonst reflektiert er das Licht«, sagte sie.

Jänicke machte ein Zeichen an die Wand, versprach, Dübel und Haken zu besorgen, und nachdem er in irgendwelchen Kisten nach dem Handwerkszeug gekramt hatte, sagte er:

»Ich will dir einmal danken für all die Jahre, die wir miteinander verbracht haben.«

Er umarmte sie. Ute ließ es geschehen, machte nicht, wie sonst, den Versuch, sich mit einer scherzhaften Bewegung zu entziehen.

Ob er sie immer freundlich genug behandelt hätte, wollte Jänicke wissen. Er sprach davon, daß er sie vor Jahren schon hatte heiraten wollen, und sie versicherte, dazu sei es keineswegs zu spät.

»Ich fühle mich irgendwie müde«, sagte Jänicke. »Vielleicht sollte ich einmal Urlaub machen«, fügte er hinzu, und er fragte nach jener Gegend, aus der man ihnen vor kurzem eine Ansichtskarte zugeschickt hatte.

»Dort wirst du kein Hotel finden«, antwortete Ute. »Und in der Sommerhitze zwischen Eidechsen und Geckos antike Trümmer zu besichtigen... Ich weiß nicht, ob es das Richtige für dich ist.«

Man erörterte, wo dieses Samaria zu finden sein könnte.

»Im Nationalpark. Irgendwo zwischen Jerusalem und der Küste«, sagte Ute. »Und ich schwöre dir, niemand fährt dorthin.«

Jänicke erhob sich, ging ohne ein Wort der Erklärung ins Nebenzimmer, und er schloß, eine Geste, die Ute von ihm nicht gewohnt war, die Tür in seinem Rücken. Wenig später stand er wieder auf der Schwelle und schlug vor, eine Partie Karten zu spielen.

Er griff nach einer Flasche Campari, und Ute glaubte zu erkennen, daß er Mühe hatte sich zu konzentrieren. Nicht, daß er unfähig gewesen wäre, dem Spiel Interesse abzugewinnen. Im Gegenteil: Er rieb sich, wenn er gewonnen hatte, die Hände, machte flapsige Bemerkungen, mischte die Karten so rasch und gründlich wie immer, aber irgendwann wanderte er in Gedanken ab. Oder besser: Er legte die Karten aus der Hand, hielt den Kopf leicht gesenkt und lauschte in sich hinein. Dann, mit einem Lächeln und als hätte er Grund sich zu entschuldigen, nahm er die Karten wieder auf, aber das Spiel war beendet.

8

Es vergingen einige Wochen, und niemand, der unvoreingenommen und mit den Tatsachen einigermaßen vertraut war, konnte bestreiten, daß Jänicke sich Mühe gab. Sicher, er selbst hatte darauf bestanden, daß jeder seine Wohnung behielt, und sein plötzlicher Wunsch zu heiraten, mein Gott, wenn man wie sie, Ute und Jänicke, fünfzehn Jahre miteinander ausgekommen war, wozu brauchte es da einen Standesbeamten! Und die Anzeichen von Ermüdung...

›Das geht vorbei‹, dachte Jänicke.

Er wollte sich endlich um den Spiegel kümmern, hatte eine Tüte Dübel und Haken verschiedener Größe und eine Bohrmaschine besorgt, aber als er Utes Wohnung betrat, sah er, daß sich alles erledigt hatte. Der Spiegel hing an der bezeichneten Stelle neben der Tür.

»Sie schlägt neuerdings die Haken selber in die Wand«, murmelte Jänicke, wollte aber kein neuerliches Mißtrauen aufkommen lassen.

Statt dessen holte er Ute, obwohl sie darum gebeten hatte, es nicht zu tun, zum Mittagessen ab. Sie fuhren ins Steigenberger, wo man günstig und einigermaßen gesund essen konnte, und wieder hatte Jänicke das Bedürfnis, Ute zu umarmen. Ute zögerte, hielt, als er ihr den Mantel abnahm, auf Abstand, und als sie sich am Tisch gegenübersaßen, blieb sie wortkarg, lobte zuletzt nur das Essen.

»Es tut mir leid, daß wir in letzter Zeit so lustlos miteinander sind«, sagte Jänicke. »Wir sollten etwas unternehmen. Wenn du willst, gehen wir heute abend ins Kino«, fügte er hinzu, dabei zog er zwei blaue Karten aus seiner Hosentasche.

Ute nahm ihm die Karten aus der Hand, überprüfte, wann die Vorstellung beginnen sollte, schien etwas zu überlegen. Dann erhob sie sich, ging in die Halle hinaus, und Jänicke war sicher, daß sie telefonierte.

Als sie zurückkam, sagte er: »Es ist Unsinn, daß wir immer noch zwei Wohnungen haben. Wir sollten zusammenziehen. Ich werde mich nächste Woche darum kümmern.«

Ute bestellte den Kaffee.

›Warum stimmt sie mir nicht zu‹, dachte Jänicke, als der Ober die Kännchen brachte.

Er wollte seinen Vorschlag wiederholen, wollte versichern, daß es ihm ernst damit war, aber bevor es dazu kam, erhob sich Ute und holte die Schale mit dem Zucker, die der Ober vergessen hatte.

9

Man kennt jene düsteren, wie improvisiert wirkenden Kinosäle, deren Stühle mit rotem Velours bespannt sind und in denen es immer, obwohl die Türen bis zum letzten Augenblick offengehalten werden, muffig riecht. Viereckige, mit Mauerwerk kaschierte Eisenträger täuschen Säulen vor, die den äußeren Plätzen die Sicht auf die Leinwand einschränken, und wenn man von dem Vorraum, der mit Plakaten tapeziert ist und in dem man an einer Art Theke die Eintrittskarten, aber auch Erfrischungen und Süßigkeiten erwerben kann, wenn man aus dieser mäßig beleuchteten und irgendwie schäbig wirkenden Kargheit durch eine der engen Türen ins Dunkel tritt, flimmert einem die Reklame entgegen.

»Aber wie denn«, sagte Jänicke und starrte auf die Anzeigetafel. »Sie haben das Programm geändert. Sie haben es geändert«, wiederholte er, und er sah, daß der Vorraum, obwohl die Vorstellung in drei Minuten beginnen sollte, nahezu leer war.

»Gehen wir trotzdem?« fragte er, während er Ute sanft an den Schultern in Richtung Saaltür schob.

Auch im Innern gähnende Leere. Drei Teenager

saßen in der zweiten Reihe und reichten eine Tüte Popcorn herum. Im Hintergrund, aber so, daß er von einer Säule halb verdeckt wurde, saß jemand, der seinen Hut nicht abgesetzt hatte, und Ute zögerte, diesen Raum, in dem nur noch die Notbeleuchtung brannte, zu betreten.

Als beide in der Mitte der sechzehnten Reihe Platz genommen hatten, ja hier schon kam es Jänicke vor, als würde sich Ute nach dem Zuschauer umsehen, der, das konnte man jetzt erkennen, direkt unter der Luke zum Vorführraum saß. Oder irrte er sich? War sie nur angelegentlich mit ihrem Mantel beschäftigt, der sich beim Ausziehen am Gürtel verhakt hatte?

Nach der Reklame, man hatte den Vorhang weiter zurückgezogen, um die Leinwand zu vergrößern, begann ein Film mit Jerry Lewis, und nach einigen Minuten, er faßte nach Utes Hand, murmelte eine Entschuldigung, beschloß Jänicke, das Kino wieder zu verlassen. Aber Ute blieb sitzen.

»Warum drehst du dich dauernd um?« fragte er.

»Ich drehe mich nicht um.«

Die Teenager kicherten vor Vergnügen, und nun geschah etwas, das auf Jänicke wie ein Zwang wirkte. Es begann damit, daß er, obwohl er es Ute unterstellt hatte, dauernd nach hinten sah, und er sah, wie das Licht des Projektors den Hut des Zuschauers streifte und wie dadurch äußerst scharfe Konturen entstanden. Man sah das Kinn, den Hemdkragen, ja den Knoten der Krawatte, konnte aber das Gesicht nicht erkennen.

Ute lächelte, vielleicht über irgendeine Albernheit von Jerry Lewis. Oder amüsierte sie sich im stillen über die Unruhe, die Jänicke nicht unterdrücken konnte, und daß es ihm nicht gelang, den Zuschauer in ihrem Rücken unbeachtet zu lassen? Jänicke wollte etwas sagen. Er wollte sagen, daß sie, Ute, es war, die ihn genötigt hatte, ständig nach hinten zu sehen. ›Du hast damit angefangen‹, wollte er sagen, wollte hinzufügen, daß ihm auch ihr Zögern, bevor sie den Saal betreten hatten, aufgefallen sei. Aber als er sich im Eifer seiner Gedanken nochmals umdrehte, hatte der mit dem Hut hinter ihnen den Platz gewechselt.

»Du kannst ruhig zugeben, daß du jemanden erkannt hast«, meinte Jänicke, als sie wieder auf der Straße waren. »Und wenn du etwas vorhast, auf mich mußt du keine Rücksicht nehmen.«

Er sprach davon, wie um seine Bemerkung zu erklären, daß er sich nicht nur über die Änderung des Kinoprogramms geärgert hätte, nein, es gäbe noch andere Gründe…

»Sozusagen Ungereimtheiten«, fügte er hinzu. »Da ist zum Beispiel die Karte, die man dir aus Samaria zugeschickt hat.«

»Was stört dich daran?«

»Daß er meinen Namen erwähnt. Und daß er glaubt, mich an diesen Anton Webern erinnern zu müssen.«

Ute schwieg. Sie gingen untergehakt, keiner von beiden machte den Versuch, diese vertrauliche Geste aufzulösen, und Jänicke sprach weiter, in einem schleppenden Tonfall, als wollte er sich mit dem, was er zu sagen hatte, beruhigen.

»Hast du ihm die Reise vermittelt? Mir gegenüber hast du versichert, daß es dort außer Eidechsen und antiken Trümmern nichts zu besichtigen gäbe. Und wie war doch deine Bemerkung: ›Niemand, ich schwöre dir, fährt dorthin.‹ Das war sicher aufrichtig gemeint. Ich frage mich nur, was hat dich dazu veranlaßt, deine Meinung zu ändern?«

Es gab noch einen kurzen, beinahe gereizten Wortwechsel. Jänicke bestand darauf, daß er Grund hätte, über den Herrn im Café beunruhigt zu sein. Sie, Ute, behauptete, daß es diesen Herrn nicht gäbe.

»Und warum hat er mich auf der Postkarte grüßen lassen?«

Darauf wußte Ute keine Antwort.

Am selben Abend, Jänicke hatte sich in sein Arbeitszimmer zurückgezogen, Ute wartete in dem mit Leinen bezogenen Sessel, am selben Abend versuchten beide, die Unstimmigkeiten, die sie miteinander hatten, auszuräumen. Es begann damit, daß Jänicke plötzlich in der Tür stand und sagte:

»Ich werde nie wieder in deiner Post schnüffeln, aber ich muß wissen, ob du mir etwas verheimlichst.«

»Du bist eifersüchtig«, sagte Ute.

»Eifersüchtig?«

Jänicke lachte, fühlte sich aber durch diese Bemerkung, obwohl sie ohne Nachdruck, beinahe sanft geäußert wurde, als hätte man ihn kopfüber unter Wasser gedrückt.

»Steig doch ins Flugzeug, dann wirst du den, für den du dich so brennend interessierst, sicher noch antreffen«, sagte Ute, griff nach der Jacke, prüfte, ob sie den Schlüssel zu ihrer Wohnung bei sich hatte, und es war unübersehbar, daß sie Jänicke mit dieser Bemerkung lediglich provozieren wollte.

Er aber, Jänicke, als hätte er keine andere Wahl mehr und als hätte sie etwas eingestanden, das es zu überprüfen galt, Jänicke sagte:

»Gut. Ich akzeptiere deinen Vorschlag. Ich fliege nach Samaria.«

Damit hob er die Reisetasche vom Schrank, und als er seine Sachen zu packen begann, als er ins Bad ging, um seine Utensilien zusammenzuräumen, saß Ute, als wäre ihr Gleichmut durch nichts zu erschüttern, immer noch in dem mit Leinen bezogenen Sessel.

10

Zwei Tage später war Jänicke mit einem Flugzeug nach Tel Aviv unterwegs und sah unter sich das Meer.

›Gleich kommt die sandige Küste‹, dachte er, und die Vorstellung, daß er in wenigen Stunden in dem Gedränge der Straßen nach einem Taxi würde rufen müssen, war ihm unangenehm. ›Wenigstens erwartet mich keine Hitze‹, dachte er.

Die Sonne neigte sich dem Horizont zu, und er hörte über Lautsprecher, daß man zur Landung ansetzte. Es war ein Gleiten über zwanzig Minuten hinweg, dann der übliche Ruck, mit dem das Fahrwerk aufsetzte. Jänicke wartete, bis sich die Reihe im Mittelgang zu lichten begann. Die Stewardess lächelte ihm freundlich zu. Er nahm die Reisetasche und beeilte sich, ins Freie zu kommen.

Zunächst war er überrascht. Tel Aviv, ja dies war eine Stadt, in der man ein, zwei Tage hätte verweilen können.

›Alles grün hier‹, dachte er, nachdem er sich zum Abendessen in einem kleinen Restaurant niedergelassen hatte. ›Alles grün hier‹, dachte er und versuchte herauszufinden, was es für eine Baumart sein könnte, mit der man die Straße umsäumt hatte.

Er ging früh schlafen. Am nächsten Tag war er mit einem Mietwagen unterwegs, versuchte sich zu orientieren.

»Samaria, benannt nach seiner Hauptstadt, liegt zwischen Galiläa im Norden und Judäa im Süden«, las Jänicke in einem Reiseführer. »Die Ruinen der Stadt befinden sich in der Nähe des heutigen Dorfes Sebastije, auf einer Anhöhe, die die Gegend beherrscht. Gebührenpflichtige Besuchszeiten von 8 bis 17 Uhr. Im Winter eine Stunde früher.«

Es dämmerte schon, als Jänicke mit dem Wagen in das Dorf einfuhr, und das erste, was er sah, war das beschädigte Minarett einer Moschee. Die Straße, die von Nablus hierherführte und vor den Trümmern des Forum Romanum endete, war wie leergefegt. Niemand zeigte sich. Kein Hinweis auf ein Hotel oder eine Pension. Jänicke war klar, daß er hier keine Schlafgelegenheit finden würde, und er fuhr mit dem Wagen unentschlossen hin und her. Wo Reste der römischen Mauer die Straße berührten, hielt er mit laufendem Motor an, blätterte nochmals im Reiseführer, versuchte unter der Lampe, die am Rückspiegel befestigt war, den Grundriß der antiken Stadt zu entziffern, und wieder fuhr er in Richtung auf das Dorf Sebastije zurück, links an dem Minarett, rechts, dies wußte er jetzt, an der Nekropole vorbei, und als er die Johanneskirche erreicht hatte, als er genötigt war abzubiegen, sah er, daß man ihn bemerkt hatte. Drei oder vier Gestalten ragten im Scheinwerferlicht auf, aber es kam zu keiner Begegnung. Er konnte den Wagen in aller Ruhe wenden, wobei er die Männer, die auf der Straße standen, nicht aus den Augen ließ.

Eine halbe Stunde später hatte er den Wagen auf einer Anhöhe abgestellt, und zwar so, daß er Samaria im Rücken, die Ebene zu seinen Füßen hatte, und er staunte, wie hell alles war und daß er, obwohl ein kalter Wind ging, keineswegs fror. Der Mond, der rasch an Höhe gewann, stieg über ihn hinweg. Zuletzt war das Licht, das auf ihn fiel, aschfahl und erzeugte keinerlei Schatten. Er grübelte darüber nach, wie entschlossen er die Reise gebucht hatte und daß Ute keinen Versuch unternommen hatte, ihn von seinem Entschluß, ›es war der reine Trotz‹, dachte Jänicke, abzuhalten. Darüber hätte er jetzt gern mit ihr gesprochen, und hätte es hier ein Telefon gegeben, in drei, vier Minuten hätte man alles klären können. Andererseits schien es ihm notwendig, ein paar Tage in dieser Fremde durchzuhalten. Ute würde sonst triumphieren.

»Am besten, man bliebe ein paar Monate weg, dann würde sie erfahren, was sie an mir hat«, murmelte Jänicke und mußte sich eingestehen, daß er unfähig war, den Druck in der Kehle loszuwerden, jenen Druck, der sich sofort einstellte, wenn er daran dachte, daß er durchaus Grund haben könnte, in dieser Gegend zu sein.

Gegen Morgen, er hatte in dem engen Auto kaum geschlafen, bemerkte Jänicke, daß sein Jackett feucht war, offenbar hatte es die Nacht über Nebel gegeben. Er fuhr ins Dorf zurück, fand einen Plastikschlauch, aus dem Quellwasser floß. Er öffnete seine Reisetasche, unterzog sich allen Handreichungen, die nötig waren, um sich zu erfrischen, und er hatte keine Mühe, etwas Eßbares aufzutreiben. Am Ende des Dorfes, dort, wo die Straße in das Forum Romanum überging, stand eine Bude. Hier wurden Postkarten, Taschenmesser, Öllampen aus Ton und dergleichen angeboten. Es gab aber auch frische Maisfladen und türkischen Kaffee. Jänicke zahlte die Eintrittskarte, die man ihm zuschob, sah sich um. Er war der einzige Besucher.

›Und doch‹, dachte er, ›halten sie ihren Laden offen.‹

Er schlenderte über das Forum Romanum hinaus, sah auf die Uhr. Es war noch früh, und als die Sonne ihren höchsten Punkt erreicht hatte, stand er immer noch da. Das heißt, er war in einem Halbkreis bis zum Amphitheater gegangen und sah in Richtung auf die Akropolis.

›Es gibt doch Touristen‹, dachte er, glaubte einige Leute zu erkennen, die hinter den Mauerresten verschwanden und wieder hervortraten. Aber wie sehr er sich auch bemühte, Einzelheiten auszumachen, der Eindruck blieb vage, und zuletzt meinte er, daß es ein und derselbe war, der, offenbar einen Faltplan in der Hand, über die Trümmer hinwegstieg. Eine Weile zögerte Jänicke, auf den Fremden, der jetzt den Plan ausgebreitet hatte, zuzugehen, und als er es schließlich doch tat, fiel sein Blick auf eine bunte Weste aus Satin mit einer übermäßig langen Knopfreihe. Oder irrte er sich?

Er mußte, da ihm Geröll im Weg war, darauf

achten, nicht zu stolpern, und als er wieder aufsah, als er die Akropolis erreicht hatte, war der Fremde verschwunden. Jänicke überlegte, ob es Zweck haben würde, nach ihm zu suchen. Er wollte mit ihm reden, wollte herausfinden, ob es tatsächlich der Herr aus dem Café war, wollte aber, daß dies unauffällig geschah. Nachdem er inmitten der Trümmer und Mauerreste den Überblick verloren hatte, schlenderte er zur Bude zurück, nahm eine Erfrischung zu sich, hielt sich aber immer in der Nähe des Eingangs auf.

Gegen 15 Uhr erhob sich der Custode, schloß das Tor, das zum Forum Romanum führte, und als er an der Bude den Schanktisch hochklappte, als er die Stühle, die auf dem Lehmboden standen, einzusammeln begann, als er, die unverkauften Maisfladen unterm Arm, mürrisch und grußlos an Jänicke vorbeiging, rief dieser ihm auf englisch zu, daß es zum Weggehen zu früh sei: Da sei noch jemand auf dem Areal!

Aber der Araber ließ es unbeachtet, ging weiter auf das Dorf zu, und als es zu dämmern begann, war der Fremde noch immer nicht am verschlossenen Tor erschienen.

Am Abend saß Jänicke auf dem Trittbrett seines Autos, und wieder überblickte er die Ebene zu seinen Füßen. Er versuchte, mit dem Gedanken fertig zu werden, daß er plötzlich vor jenem gestanden haben könnte, um dessentwillen er hergereist war. Und nie hatte er damit gerechnet, ihn wirklich anzutreffen!

›Wo ist er untergekommen?‹, dachte er und versuchte, die Straße nach Nablus zu fixieren. In Sebastije hatte er bis zur Dunkelheit keinen Bus entdeckt, und hätte der Fremde ein Taxi benutzt, ›ich hätte es bemerken müssen‹, dachte Jänicke.

Im Südosten gab es einen orangefarbenen Schein. In einer Viertelstunde würde man alles besser überblicken können, und Jänicke beschloß, den Aufgang des Mondes abzuwarten, um dann, auf schnellstem Wege, nach Nablus zurückzufahren. Er war müde, spürte Schmerzen im Rücken und sehnte sich nach einem Bett, das groß genug war, damit er endlich die Beine ausstrecken konnte. Als es heller wurde und die Ebene zu flimmern begann, erhob er sich, ging die wenigen Schritte, die nötig waren, den Scheitelpunkt der Anhöhe zu erreichen, und nun hatte er das antike Samaria vor Augen, das heißt, er sah das Weiß der umgestürzten Marmorblöcke, dann wieder das Schwarz, das die Schatten der Tempelreste erzeugten, und über allem stand, wie ein trotziger, unübersehbarer

Wirrwarr von Treppen, Gängen und Löchern, die Akropolis. Es war ein vergebliches Bemühen, und doch versuchte Jänicke, jene Stelle wiederzufinden, wo der andere mit dem Faltplan beschäftigt gewesen war.

›Dort‹, dachte er, ›wo das freie Rechteck schimmert, könnte es gewesen sein‹, und er kam von dem Wunsch nicht los, seine Vermutung sofort, solange das Mondlicht andauerte, zu überprüfen.

Eine merkwürdige Vertrautheit mit dem, was er vor Augen hatte, überkam ihn. Er wollte sich der Stimmung nicht ausliefern, und so gab er sich einen Ruck, ging zum Auto zurück, aber statt den Zündschlüssel umzudrehen, statt den Wagen zu wenden und, was er doch vorgehabt hatte, auf schnellstem Wege nach Nablus zu fahren, drehte er die Fensterscheibe hoch, rückte die Nackenstütze zurecht, streckte, so gut es ging, die Beine über dem Armaturenbrett aus und versuchte zu schlafen.

11

Drei Tage und zwei Nächte blieb Jänicke in dieser Gegend. Er ging von Sehenswürdigkeit zu Sehenswürdigkeit.

›Imposant‹, dachte er, konnte sich aber kaum noch auf den Beinen halten. Der Hunger und der Mangel an Schlaf trieben ihn regelmäßig zum Eingang zurück. Dort verschlang er einen Maisfladen, trank eine Dose Coca-Cola, und der Fremde... Ja, dies war ein Problem, dem Jänicke gern auf die Spur gekommen wäre, der Fremde wollte sich nicht mehr zeigen.

Anfangs hatte Jänicke versucht, indem er einen Umweg über die Römische Straße nahm, einen Einblick in die Akropolis zu gewinnen. Es war ihm auch gelungen zu beobachten, daß dort jemand auf und ab ging, der einen Faltplan in der Hand hielt. Aber wie lange es dauerte und ob es der Fremde war, dies herauszufinden, fehlte es Jänicke an Kraft und Ausdauer. Also saß er am Rande des Hippodroms und versuchte zu ruhen, und der Wind, dem er sich hier aussetzte, war kaum zu ertragen.

Nur einmal, als er nicht wußte, ob er eingeschlafen war, hatte Jänicke das Gefühl, es säße jemand neben ihm, vielleicht sogar jener mit der Weste aus Satin und der übermäßig langen Knopfreihe, und er versuchte, dessen Namen zu erfahren, worauf der Fremde bereitwillig einging. Er flüsterte ihm etwas zu, aber der Wind trug die

Antwort mit sich fort, und auch, als Jänicke versuchte, sich darüber zu unterhalten, ob die antiken Trümmer, die man vor Augen hatte, eine weite Reise rechtfertigten, war alles nur bruchstückhaft zu verstehen.

In Samaria, meinte der Fremde, sei er zu Hause, und hier, fügte er hinzu, sei so etwas wie Ursprung und Ende aller Dinge.

›Ein schönes Zuhause‹, dachte Jänicke. ›Man sitzt auf spitzen Steinen, und überall wuchert das Gras.‹ Aber er wußte nicht, ob der Fremde dies wirklich gesagt oder ob er, Jänicke, sich aus den Wortfetzen, die er verstand, lediglich einen Sinn zusammengereimt hatte.

Er sprach davon, wie schwierig, nein wie unmöglich es sei, in Sebastije ein Quartier zu finden. Er erwähnte, daß er im Auto übernachtet hätte, wohl in der Absicht zu erfahren, wo der andere, der Fremde, untergekommen war. Er bekam keine Antwort.

»Sie Ärmster«, sagte der Fremde. »Da kann ich verstehen, daß Sie abreisen wollen.« Und er bestand darauf, daß man sich, ehe es soweit war, nochmals am Tor vor dem Forum Romanum treffen sollte.

Offenbar, so war Jänickes Eindruck, wollte er

ihm etwas Wichtiges mitteilen, aber nicht jetzt, später. Jetzt hatte der Fremde wieder den Faltplan in der Hand und verschwand, indem er Jänicke nochmals zunickte, hinter der Treppe, die zu dem Palast der Israelischen Könige führte.

Am Nachmittag, der Custode hatte das Tor geschlossen, saß Jänicke in seinem Wagen und wartete. Er war ungeduldig, startete mehrmals den Motor, fuhr auf das Dorf zu, kehrte zurück, und als sich auch in der Dämmerung niemand zeigen wollte, fiel ihm ein, daß es schon einmal so gewesen war.

›Gut‹, dachte Jänicke, und er war froh, daß es ihm erspart blieb, sich von jenem, von dem er nicht einmal wußte, wie er hieß, und der ihm im übrigen gleichgültig war, zu verabschieden.

Er durchfuhr die Ebene, die, da der Mond erst später aufging, in völliger Dunkelheit dalag. Nablus zu erreichen war keine Schwierigkeit. Die gelegentlichen Detonationen von fern und das merkwürdige Wetterleuchten bei klarem Himmel ließ Jänicke unbeachtet, und als er Tel Aviv erreichte, war noch genügend Zeit, den Mietwagen abzugeben und sich in dem Hotel, das er bereits kannte, einzuquartieren. Er ging sofort zu Bett, genoß es, endlich die Beine ausstrecken zu können, und am nächsten Morgen saß er wieder in dem kleinen Restaurant und versuchte herauszufinden, was es für eine Baumart sein könnte, mit der man die Straße umsäumt hatte.

Das erste Flugzeug nach Frankfurt startete gegen neun Uhr. Dies war Jänicke zu früh.

›Ein paar Stunden später‹, dachte er, und so dauerte es eine Weile, ehe er die sandige Küste unter sich sah, und gegen elf Uhr abends schloß er die Tür zu seiner Wohnung auf. Feuchtkalte Luft schlug ihm entgegen. Er hatte vergessen, das Küchenfenster zu schließen, und als er in den Korridor zurückging, als er seinen Mantel an den Haken hängen wollte, bemerkte er den Zettel, den man unter der Tür hindurch auf den Parkettboden geschoben hatte. Es war eine handgeschriebene Mitteilung. Man ließ ihn, Jänicke, wissen, daß Ute während seiner fünftägigen Abwesenheit gestorben war.

12

»Tja«, sagte der Arzt, »was wissen wir. Offenbar ein Virus. Es geht schnell. Man bekommt hohes Fieber und ist nicht mehr zu retten.«

Er lehnte in der offenen Tür zur Pathologie und war bereit, weitere Fragen zu beantworten, aber es kam nicht dazu, weil Jänicke schwieg. Man führte ihn vor ein Fenster, und es dauerte eine Weile, ehe man eine Bahre in den Raum schob, der hinter dem Fenster lag. Das Tuch wurde zurückgeschlagen. Jänicke winkte ab, sah noch Utes nackte Füße und den Zettel mit der Nummer, den man an einem ihrer Zehen befestigt hatte.

›Unter die Erde‹, dachte Jänicke, als er am nächsten Tag mit dem Bestattungsinstitut Grieneisen den Vertrag unterschrieb.

Die Modalitäten und Accessoires waren ihm gleichgültig, auf dem Friedhof aber, als er die Grabstätte aussuchte, achtete er darauf, daß Ute nicht an dem Zaun, der den Friedhof von der Straße trennte, sondern weiter im Innern, in der Nähe der Kapelle zu liegen kam.

Das Begräbnis war verschwiegen. Es waren nur einige Kollegen aus dem Hotel erschienen, die Jänicke flüchtig kannte, und er registrierte genau und mit einem sonderbaren Interesse, wie rasch die Leichenträger mit den Stricken hantierten, an denen der Sarg in die Grube gesenkt wurde, und daß da, bei aller Enge, keine Berührung mit der Erdwand war. Die Vier nahmen, nachdem sie die

Stricke losgelassen hatten, ihre Mützen vom Kopf, und auch Jänicke wollte nach seinem Hut greifen, bemerkte, daß er ihm abhanden gekommen war, und so stand er, wie alle anderen, aber mit einem Anflug von Verwirrung, während der Schweigeminute da. Die Erde wurde geworfen, man kondolierte einander, und wenig später war alles vorbei.

Jänicke ging zur Kapelle zurück, fand seinen Hut wieder, den er auf einem Mauervorsprung abgelegt hatte, und da es unmöglich gewesen war, den Wagen direkt vor dem Eingang des Friedhofs zu parken, mußte er eine Weile an dem Zaun entlanggehen, den er Ute erspart hatte.

›Absurd‹, dachte er, und ihm fiel ein, daß er vorgehabt hatte, sie mit seiner Reise in den Vorderen Orient zu strafen, und daß er, um ja nicht zu früh wieder bei ihr aufzutauchen, seinen Abflug in Tel Aviv um Stunden verschoben hatte.

›Da war sie schon unerreichbar‹, dachte Jänicke, und ihm fielen auch die Worte ein, die er ihr bei seiner Ankunft hatte sagen wollen. ›Bis zuletzt‹, dachte er, ›habe ich mich kleinlichen Überlegungen hingegeben.‹

Er hatte es versäumt, für die Beerdigung einen Kranz zu bestellen, und am nächsten Morgen kaufte er einen Strauß Chrysanthemen, fuhr wieder zum Friedhof, in der Hoffnung, dies würde seine Verzweiflung mildern. Aber nun sah er statt der Grube einen aufgeworfenen Erdhaufen, kahl und abweisend, so daß er zögerte, die Chrysanthemen überhaupt abzulegen, und irgendwann, er trat einen Schritt zurück, kam es ihm vor, als wäre es ein Fehler gewesen, nochmals und nach so kurzer Zeit hierherzukommen. Er fühlte, daß er sich dem Eindruck des Grabhügels und der fortwährenden Stille um sich her nicht länger aussetzen durfte, und beschloß, ins Hotel zu fahren. Er wollte wenigstens wissen, wie und wo Ute die letzten Stunden vor ihrer Krankheit verbracht hatte, und als er seinen Wunsch an der Rezeption verständlich machen wollte, begann ein längeres Telefonieren. Schließlich erschien jemand auf der Treppe, der Jänicke freundlich und irgendwie einverständig zulächelte.

»Es liegen noch persönliche Dinge bei uns, die wir Ihnen, wenn Sie wollen, gern zuschicken. Wir haben ja Ihre Adresse«, sagte er, und Jänicke überlegte, ob es Zweck haben würde, mit jenem, der auf dem Treppenabsatz stand und geduldig seine Antwort abwartete, ob es Zweck haben würde, mit ihm über Ute zu reden.

»Ich wollte nur fragen...«

»Aber ich bitte Sie, das macht doch nichts.«

»Hat man ihre Beschwerden bemerkt?«

»Ja, natürlich«, sagte der Angestellte, und mehr wurde zwischen den beiden nicht gesprochen.

13

Man drängte Jänicke, Utes Wohnung aufzulösen. Er fand eine Nachricht vor, in der er gebeten wurde, sich bei der Hausverwaltung zu melden, und dort wurde ihm erklärt, daß Ute ihren Mietvertrag nicht verlängert hatte. Jänicke erledigte die Sache, beauftragte eine Firma, den Hausrat zu entsorgen, er selbst packte sich dieses und jenes, darunter den Spiegel, ins Auto, und als er wieder zu Hause war, stellte er die Sachen in den Flur. Nur den Spiegel rückte er hierhin und dorthin. Zuletzt stand er im Halbdunkel in der äußersten Ecke des Arbeitszimmers, und Jänicke hatte den Stuhl, auf dem er saß, so zurechtgestellt, daß er sein Spiegelbild sah. Das heißt, er sah es nur zur Hälfte, das Gesicht und die Schultern blieben ausgegrenzt. Er trank Kaffee, konnte die Bewegung seiner Hand, mit der er die Tasse zum Mund führte, deutlich verfolgen, und war es nun dieses Verweilen vor dem Spiegel oder daß er, wenn er trank, immer nur die gleiche Handbewegung sah, Jänicke bereute plötzlich, daß er Utes Wohnung hatte leerräumen lassen. Er fühlte sich schuldig.

›Ich habe mitgeholfen, ihre Spuren zu verwischen‹, dachte er.

In der Nacht glaubte Jänicke, vom Hof her einen Preßlufthammer zu hören. Er schreckte hoch, vergewisserte sich, wie still es in Wirklichkeit war, ging ins Wohnzimmer, schaltete das Licht an und starrte auf das Sofa, auf dem Ute gewöhnlich übernachtet hatte. Er wehrte sich gegen den Gedanken, daß sie nicht mehr am Leben war, und daß der Arzt keine genauen Gründe für ihren Tod geltend machen konnte, dies schien ihm unannehmbar.

›Wie bin ich ihr mit meiner Eifersucht auf die Nerven gegangen‹, dachte er, ›und sie ist still und heimlich gestorben.‹

Vage und irgendwie belanglose Erinnerungen stiegen in ihm hoch: wie er oft vergebens vor dem Hotel auf sie gewartet hatte und daß sie anfangs zu enge Röcke trug, in denen sie gezwungen war, kurze, fast tippelartige Schritte zu machen.

›Sie war groß gewachsen, das gefiel mir‹, dachte Jänicke, ging ins Bad, suchte nach der Schachtel mit dem Valium.

Er schluckte anderthalb Tabletten, trank Leitungswasser, dann versuchte er zu schlafen, und am frühen Nachmittag trieb ihn der Hunger aus dem Bett. Er beschloß, etwas zu kochen, kaufte ein, was nötig war, um eine Paella zuzubereiten. Er putzte das Gemüse, schnitt das Fleisch in kleine Würfel, pulte die Krabben aus, aber zuletzt warf er den Reis nicht ins kochende Wasser. Statt dessen drehte er die Flamme aus, griff nach seinem Jackett und verließ die Wohnung. Er hatte keinen Appetit, wollte notfalls, wenn es spät werden sollte, in einem Restaurant etwas essen. Seine Ruhelosigkeit trieb ihn an den Schaufenstern vorbei, und als er die Tauentzienstraße erreicht hatte, beschloß er, erst einmal ein Bier zu trinken.

Das Café war überfüllt, so daß er gezwungen war, einige Minuten zu warten, bis ein Platz in der Nähe der Theke frei wurde. Er setzte sich, und als er das Glas Bier in der Hand hielt, als er den Schaum, um besser trinken zu können, vom Rand wegblies, bemerkte er, daß man ihn beobachtete.

»Sieh mal einer an«, murmelte Jänicke. »Er ist wieder zurück. Man kann auch in Samaria kalte Füße bekommen«, und er unterließ es, die Blicke zu erwidern.

Vor Tagen noch war er jenem bis an den Rand

der Wüste nachgereist, jetzt fand er es unnötig, auch nur eine Sekunde darüber nachzudenken. Der Schmerz über Utes Tod hatte alles unerheblich gemacht. Andererseits fiel ihm ein, daß es ihm, Jänicke, nicht gelungen war, herauszufinden, wo der Fremde in Samaria übernachtet hatte.

›Aber hier‹, dachte er, ›hier wird er doch wenigstens in einem Hotel untergekommen sein.‹

Er wandte sich ab, sah aus den Augenwinkeln, daß der Fremde den Ober herbeiwinkte, um zu zahlen. Der Ober kam, und Jänicke bemerkte, wie bei der ersten Begegnung schon, wie leicht, ja beinahe schwerelos die Bewegungen des Fremden wirkten. An seinem Äußeren hatte sich nichts verändert. Er trug dieselbe Krawatte, die sorgfältig und in einer Art, die Jänicke nicht kannte, geknotet war. Die Tasche der Weste war zugeknöpft.

›Er scheint immer noch keine Uhr zu tragen‹, dachte Jänicke, trank sein Glas leer, und als er es absetzte, hatte der Fremde das Café verlassen.

Er stand auf dem Bürgersteig und wartete auf den Bus, der in Richtung Leipziger Platz fuhr. Jänicke wunderte sich, daß er bei dem naßkalten Wetter ohne Hut und Mantel war, und als der Bus schließlich kam und nach einem kurzen Halt weiterfuhr, dachte Jänicke:

›Es kann kein Zufall sein, daß er wieder hier ist‹, und ein Verdacht stieg in ihm auf, den er nicht gelten lassen wollte.

›Noch nicht‹, dachte Jänicke, bestellte ein zweites Glas Bier, ließ es aber unberührt.

14

In seine Wohnung zurückgekehrt, zog Jänicke Utes Mappe mit den Korrespondenzen, die er im Bücherregal abgelegt hatte, hervor und begann darin zu blättern.

›Wie ordentlich sie gewesen ist! Und ihre Briefe waren liebenswürdig.‹

Rührung überkam ihn, wenn er ihre Unterschrift sah oder beim Lesen auf Redewendungen stieß, die ihm nur allzu vertraut waren. Sicher, das meiste kannte er. Es waren handschriftliche Entwürfe, die Ute beim Diktieren ihrer Geschäftsbriefe benutzte. Es gab Antwortschreiben auf französisch oder englisch, und Jänicke versuchte herauszufinden, warum Ute Korrespondenzen erledigt hatte, die an ein Reisebüro adressiert waren. Er fand keine Erklärung. Der Rest waren Buchungen oder Anfragen über die Verträglichkeit des

Klimas, über die Unterkunft, die Preise und ob es gefährlich sei, in solch eine Gegend zu reisen. Dazwischen ein mit der Hand geschriebener Gruß:

»Liebe, verehrte Ute«, las er, »Sie haben vollkommen recht. Samaria ist ein Nest, und ich habe Mühe, mich nicht zu langweilen. Ich danke Ihnen für das Ticket und die nötigen Dokumente.«

Die Unterschrift war unleserlich.

›Man erkennt sie trotzdem‹, dachte Jänicke, erhob sich, begann nach der Karte zu suchen, die Ute aus derselben Gegend zugeschickt worden war.

Er fand sie nicht, obwohl er sicher war, daß er sie vor kurzem noch in seinem Schreibtischfach gesehen hatte. Er hätte gern die Daten der Poststempel miteinander verglichen.

›Weg damit‹, dachte Jänicke. Diesen freundlichen Gruß, diese wie in Druckbuchstaben gehaltenen Zeilen konnte er nicht ertragen. ›Hiermit‹, dachte er, ›fing alles an. Und wer weiß‹, dachte er, ›wäre ich nicht nach Samaria gefahren, um jenen zur Rede zu stellen, Ute wäre vielleicht zu retten gewesen.‹

Also fühlte er sich berechtigt, den Bogen vergilbten Papiers mit dem Feuerzeug in Brand zu setzen, die Asche warf er in den Abfalleimer. Minuten später bereute Jänicke, was er getan hatte. Es gab noch etwas zu klären, etwas, das diesen Anton Webern betraf. Hatte der Fremde nicht behauptet, er wäre mit ihm befreundet?

›Wie ist das möglich‹, dachte Jänicke. ›Webern ist vor fünfzig Jahren gestorben.‹ Oder sollte er sich verhört haben?

Ihm fiel das Konzert im Kammermusiksaal der Philharmonie wieder ein und daß der Wechsel von Haydn zu Webern auf ihn wie ein Schock gewirkt hatte und daß er unfähig gewesen war, Ute dieses Erlebnis zu erklären. Und hatte sie sich nicht nach dem Herrn im Café erkundigt? Und war ihm dies nicht merkwürdig vorgekommen?

Er trat ans Fenster, sah in den Himmel. Es war windig, Wolken zogen wirbelartig von West nach Ost. Stadtauswärts hielt sich ein klares Blau, über der Silhouette der Stadt wirkte alles farblos, diesig, unbestimmt.

›Man sollte der Sache auf den Grund gehen‹, dachte Jänicke, aß ein Maronentörtchen, das er im Kühlschrank vorfand. Dann zog er seinen Mantel an, betrat das Treppenhaus und ging zum Fahrstuhl.

15

Jänicke ging jetzt öfter spazieren, und es war kein Zufall, daß er sich dabei in der Nähe der Tauentzienstraße aufhielt. Wenn er an der Fensterfront des Cafés vorbeikam, warf er einen Blick hinein, und eines Tages war er genötigt auszuweichen. Er trat neben eine Litfaßsäule und sah, wie der Fremde das Café verließ, wie er zur Haltestelle lief und auf einen Bus, dessen Türen sich bereits schlossen, aufsprang.

›Und wieder Richtung Leipziger Platz‹, dachte Jänicke, winkte ein Taxi herbei und forderte den Fahrer auf, dem Bus zu folgen. Es war stockender Verkehr, dann wieder freie Fahrt, so daß der Wagen ständig anruckte. Als sie das Schöneberger Ufer erreicht hatten, beugte sich Jänicke aus dem Fenster, um die Passanten, die den Bus verließen, nicht aus den Augen zu verlieren. Aber der, dem er folgen wollte, war nicht dabei. Auch nicht, als sie die Brücke passierten und in die Potsdamer Straße einbogen. Nachdem sie das freie Feld hinter sich hatten und den Bus, der am Leipziger Platz hielt, überholten, bemerkte Jänicke, daß er leer war.

›Also ist er ausgestiegen. Und hier‹, dachte er, ›ganz in der Nähe, muß er verschwunden sein.‹

Er entschuldigte sich bei dem Fahrer für seine Ungeduld, zahlte, schlenderte auf das freie Feld zurück und sah den schwingenden Kränen und dem Gewimmel in den Baugruben zu.

›Wenn er hier ausgestiegen ist‹, dachte Jänicke, ›hätte ich es sehen müssen.‹

Auch schien es ihm unmöglich, daß der Fremde in dem Wirrwarr über die Bauzäune hinweggestiegen sein sollte. Man hatte jede Straße, jeden Zugang gesperrt. Es begann zu regnen. Es war ein feiner Schleier, der Jänicke die Sicht erschwerte, und doch glaubte er, am Rande einer langgestreckten Grube jemanden zu erkennen, der bemüht war rasch fortzukommen, der aber weder Arbeitskleidung noch einen Schutzhelm trug. Er ruderte, wohl um die Balance zu halten, mit einem Schirm hin und her.

›Das ist er‹, dachte Jänicke und sprang über Pfützen hinweg auf die Absperrung zu, die er kletternd überwand.

Er hatte keine Mühe, den Weg zu der langgestreckten Grube, indem er über den frischen Beton ging, abzukürzen, und als er die Verschalung erreicht hatte, empfingen ihn von überall her Pfiffe und barsche Zurufe, die ihn aufforderten, das Baugelände zu verlassen. Aber Jänicke dachte nicht daran, sein Vorhaben aufzugeben. In Samaria, ja da hatte er sich unsicher gefühlt und hatte, obwohl mutterseelenallein, kein Aufsehen erregen wollen. Hier wollte er den Fremden stellen, meinte auch, daß er ihn, wenn er nur aufmerksam blieb, nicht aus den Augen verlieren würde. Und tatsächlich: Tauchte er nicht neben einem Betonsilo wieder auf? Und schüttelte er nicht das Regenwasser vom Schirm?

In einer halben Stunde, das wußte Jänicke, würde hier alles, trotz künstlicher Beleuchtung, kaum zu unterscheiden sein. Aber noch sah er jenen, den er suchte, keine fünfzig Meter entfernt vor sich, also lief er weiter, immer nur weiter, und je länger er sich dem Pfeifkonzert, das ihn empfing, aussetzte, je hartnäckiger sein Wunsch war, dem hektischen Gewimmel, das über ihn hereinbrach, nicht auszuweichen... Plötzlich kam es ihm vor, als herrschte absolute Stille ringsherum und als befände er sich, obwohl er die Zugluft über den Baugruben spürte, in einem hermetisch abgeriegelten Raum. Da war eine holzgetäfelte Bar, waren buntetikettierte Flaschen und Gläser vor einer Spiegelwand, und am Tresen, und auch dies in absoluter Stille und Unbeweglichkeit, stand überlebensgroß jener, den er eben noch verfolgt hatte. Unübersehbar die Weste aus Satin und die auffallend lange Knopfreihe, und er lächelte ihm, Jänicke, mit dem gewohnten Einverständnis zu.

16

Über diese Anwandlung erschrak Jänicke. Zunächst versuchte er, sich selbst zu helfen, versuchte auch, aus den Irritationen, die ihn seit einem Dreivierteljahr heimsuchten, herauszukommen. Er ging zum Optiker.

»Ich brauche eine Brille«, sagte er, beschrieb, seine Erregung unterdrückend und als dürfe er die Sache nicht überbewerten, daß er neuerdings Mühe hätte, in seinem Manuskript zu lesen.

Der Optiker untersuchte seine Augen.

»Das Übliche«, war die Auskunft. »Eine Lesebrille brauchen Sie schon. Ansonsten: Eine leichte Hyperphorie.«

»Aber ich kann nicht arbeiten!«

Der Optiker zuckte mit den Schultern.

›Dann sind es die Zähne‹, dachte Jänicke. Ihm fiel ein, daß er einen Zeitungsartikel über die schädliche Wirkung von Amalgamfüllungen gelesen hatte, und die Prozedur beim Zahnarzt dauerte übermäßig lange. Mit weitgeöffnetem Mund, den Hinterkopf gegen das Polster der Lehne gedrückt, ertrug er die Handreichungen, die nötig waren, jene drei, vier Plomben zu entfernen, und als sich der Arzt abwandte, um das Amalgam zu überprüfen, sagte Jänicke:

»Es ist das Quecksilber. Das Amalgam erzeugt im Speichel einen feinen Ionenstrom. Der Halbzeitwert von Quecksilber, das die Nerven ruiniert, beträgt achtundsechzig Tage. Wir sollten etwas unternehmen.«

»Wir haben ja nun etwas unternommen«, sagte der Zahnarzt.

Jänicke spürte die Desinfektionslösung im Mund, und nachdem er die Klinik verlassen hatte, wollte er so rasch wie möglich zu seinem Wagen, der auf der gegenüberliegenden Straßenseite stand. Es gelang ihm nicht. Er bekam Krämpfe. Irgend etwas zog sich in seinem Innersten zusammen, so daß er die Knie nur mit Mühe bewegen konnte, und er sah, den Kopf nach unten geneigt, immer nur auf den Rinnstein, wunderte sich, daß alles, was er vor Augen hatte, die Distanz zu verändern schien. Es wirkte abwechselnd scharf und verschwommen.

Jänicke grübelte über die Gründe nach, die es

dahin gebracht haben könnten, daß ihm seine Sinne nicht mehr gehorchten. ›Und die Knie‹, dachte er. ›Warum wird es mir immer schwerer, die Knie zu bewegen?‹ Er schleppte sich in einen nahen Park. Hohe Buchen und Kastanien markierten eine schmale Anhöhe, über die ein Kiesweg führte. Rechts im Hintergrund mehrere Villen, links die Fassade eines Neubaus, die Silhouette der Zahnklinik wirkte bedrohlich, und doch fühlte sich Jänicke wie hinter den Mauern einer Fluchtburg. Er setzte sich auf eine Bank, erholte sich nach einigen Minuten, und als er auf die Straße zurückging, als er endlich den geparkten Wagen erreichen wollte, spürte er wieder, daß ihm die Knie schwer wurden. Er hatte keine Schmerzen, aber gerade dies war ihm ein erneuter Anlaß zur Sorge.

Am selben Tag noch saß Jänicke einem Freund gegenüber, den er lange vernachlässigt hatte. Der Freund machte ein säuerliches Gesicht. Er versuchte zu lächeln, wußte nicht, was er von dem Besuch, Jänicke hatte unangemeldet vor der Tür gestanden, halten sollte, und es war durchaus nicht so, daß Jänicke berechtigt gewesen wäre, hier, in der Suarezstraße, so plötzlich aufzutauchen.

»Ich brauche deine Hilfe«, sagte Jänicke, und er begann zu reden.

Er sprach davon, daß er mit jemandem bekannt geworden sei, dessen Bekanntschaft er nicht wünsche. Sicher, es gäbe keinen Grund, jenen, von dem er rede, herabzusetzen. Er sei zurückhaltend, hätte die allerbesten Manieren, sei gebildet. Wo fände man heute noch solch einen Menschen...

»Aber ich werde den Verdacht nicht los«, fügte Jänicke hinzu, »daß zwischen ihm und dem Tod Utes, du kennst meine Freundin, irgendein Zusammenhang besteht.«

»Ute ist gestorben?«

»Ja«, sagte Jänicke, sah auf seine Fingernägel und schwieg.

Der Freund verzog keine Miene. Vielmehr wirkte er, die Beine übereinandergeschlagen, immer noch unnahbar, sah zu, wie Jänicke den CD-Player aus der Manteltasche zog, und er war auch bereit, sich die Kopfhörer, die Jänicke ihm hinhielt, aufzusetzen.

»Was hältst du davon?« fragte Jänicke.

»Was soll ich davon halten«, sagte der Freund und setzte die Kopfhörer wieder ab.

Wenn ich diese Musik höre, kommt es mir vor, als würde ich durch menschenleere Säle gehen. Und als wäre da etwas, an dem man besser nicht rühren sollte, wollte Jänicke sagen. Statt dessen sagte er:

»Raffiniert, wie strikt Webern einzelne Instrumente setzt. Beinahe im Telegrammstil. Und die Glocke«, fügte er hinzu, »sie kommt urplötzlich und wirkt einschüchternd, obwohl sie zart angeschlagen wird.«

»Was für eine Glocke?« fragte der Freund.

Jänicke überlegte, ob es möglich sein würde, dem anderen sein Problem verständlich zu machen, und es war eben die kühle und überaus skeptische Distanz, es war der Hang zur Nüchternheit des Freundes, der ihn veranlaßt hatte hierherzukommen. Ihm und keinem anderen wollte Jänicke seinen Verdacht anvertrauen.

»Dieser Herr im Café«, sagte er, »hat merkwürdige Dinge behauptet, und ich bin sicher, er weiß etwas, das alles Übliche übersteigt. Er hat mir diesen Webern aufgedrängt. Und daß er mit Ute vor ihrem Tod zusammengesessen hat, kann kein Zufall gewesen sein.«

»Was willst du damit sagen?«

»Er kennt auch das Datum meines Todes«, sagte Jänicke und bereute augenblicklich, daß er so unvernünftig gewesen war, sich lächerlich zu machen.

Über der Dachrinne, vom Fenster her, die Wohnung lag im vierten Stock, hörte man das Gegurre von Tauben. Der Freund hatte sein Taschentuch hervorgezogen, schneuzte sich gründlich, aber so zurückhaltend, daß Jänicke keinen Anstoß daran nehmen konnte, und er legte das Tuch, bevor er es in seiner Hosentasche verschwinden ließ, zu einem Dreieck zusammen.

Jänicke sah ihm zu, zwang sich, da der Freund, als hätten sie nichts Wichtiges miteinander zu besprechen, an ihm vorbei aus dem Fenster sah, zur Geduld. Eine Weile ließ er das Schweigen gelten, dann sagte er:

»Du brauchst nur einmal mitzukommen. Vielleicht setzen wir uns eine halbe Stunde in das Café. Es käme mir sehr darauf an, in dieser Sache deine Meinung zu hören.«

17

Als Jänicke mit dem Freund im Café saß, ließ er die Arme baumeln. Er preßte die Schulterblätter gegen die Stuhllehne, und er trank die dritte Tasse Kaffee. Auch rauchte er, das heißt, er paffte an einer Zigarre, stieß Rauchwolken hierhin und dorthin. Der Freund musterte die Gäste.

»Ist es dieser da?«

»Er trägt eine Uhr. Den, den ich meine, kannst

du nach der Zeit fragen, er weiß nicht, wovon du redest«, sagte Jänicke.

Er versuchte zu lachen, drückte die Glut der Zigarre im Aschenbecher aus, und er sah, daß der Tisch, den der Fremde bevorzugte, immer noch nicht besetzt war.

›Er wird ihn reserviert haben‹, dachte Jänicke, war versucht, den Ober herbeizuwinken, um zu erfahren, wie lange dies gelten sollte. ›Immerhin‹, dachte er, ›es ist spät, und in ein, zwei Stunden wird das Café geschlossen.‹ Und laut sagte er:

»Er muß gleich kommen.«

Er erwähnte, als müsse er beweisen, daß es den Fremden tatsächlich gab, die Karte und den Brief, die Ute erhalten hatte, und daß er nahe daran sei herauszufinden, wo er wohnte.

»Und in Samaria«, fügte Jänicke hinzu, »am Rande des Hippodroms, wollte er mir etwas sagen. Etwas Wichtiges, aber es kam nicht dazu. Ich bin sicher, er wußte, daß Ute im Sterben lag.«

Er rückte seinen Stuhl zurecht, so daß er etwas zu sehr in die Nähe des anderen Tisches geriet, und sie überlegten, wie sie dem Fremden, falls er auftauchte, begegnen sollten.

»Auf keinen Fall wegsehen. Einfach grüßen«, sagte der Freund.

Anderthalb Stunden blieben sie sitzen, und Jänicke war erleichtert, als er bemerkte, daß es unnötig sein würde sich zu rechtfertigen.

»Dann kommt er morgen oder übermorgen«, sagte der Freund. »Und falls wir es nochmals versuchen wollen, ruf mich einfach an.«

Auf der Straße fragte er: »Ist es möglich, Utes Grab zu sehen?«

»Aber ja doch«, antwortete Jänicke. »Wenn du willst, fahren wir auf der Stelle hin.«

Als sie vor dem Erdhaufen standen, der vom Regen flachgespült war, der Strauß Chrysanthemen und die wenigen Blumen, die sonst noch herumlagen, waren kaum mehr zu erkennen, als Jänicke die Eingrenzung des Grabhügels mit den Schuhen nachzuzeichnen begann, schämte er sich. Er hatte immer noch keinen Auftrag erteilt, das Grab instand zu setzen. Er wollte es dem Freund erklären, aber dieser wandte sich ab, hatte Mühe, seine Rührung zu verbergen, und Jänicke glaubte sich zu erinnern, daß der Freund, ›lange vor meiner Zeit‹, dachte er, in Ute verliebt gewesen war.

Sie verließen den Friedhof, und Jänicke schlug vor, auf dem Rückweg über den Leipziger Platz zu fahren. Das freie Feld war inzwischen von Schaufelbaggern aufgewühlt worden, und obwohl das

Betreten des Baugeländes verboten war, standen beide auf einem Schutthaufen und sahen der untergehenden Sonne zu.

»Dort«, sagte Jänicke und zeigte auf die frischgeteerte Straße, »dort«, sagte er, »habe ich den Bus mit dem Taxi überholt. Und hinter der Ruine des Preußischen Herrenhauses, das kann ich jetzt sicher sagen, ist er verschwunden.«

Er verschwieg, daß er selbst mehrmals zwischen Baugruben und schwingenden Kränen unterwegs gewesen war. »Es muß hier unten noch Räumlichkeiten geben«, sagte Jänicke.

»Da bin ich sicher«, sagte der Freund. »An der Ecke müßte das Haus Vaterland gestanden haben, mit Palmengarten, Bierbar, Tanzsälen, allem Drum und Dran. Was sie hier aufwühlen, ist keine Kleinigkeit. Und ich versichere dir«, fügte er hinzu, »unter unseren Füßen ist alles hohl.«

Jänicke staunte, daß es möglich war, mit diesem Gleichmut und solch ruhiger Selbstverständlichkeit über Dinge zu reden, die ihn seit Monaten hoffnungslos irritierten.

Ob er schon einmal in Samaria gewesen sei, wollte Jänicke von dem Freund wissen.

Nein, versicherte der Freund, in dieser Gegend sei er nie gewesen.

Als es dunkel wurde, standen beide am Hauseingang in der Suarezstraße. Sie versicherten einander, wie schade, ja unmöglich es gewesen sei, daß sie ihre Freundschaft nicht hatten erhalten können. Zwei Jahre lang hatte man sich nicht gesehen, und doch waren sie einmal unzertrennlich gewesen. Und wann und warum, dies versuchten sie ernsthaft herauszufinden, hatten sie aufgehört, gemeinsam in die Sauna zu gehen?

»Man läßt eben von gewissen Dingen ab«, sagte der Freund. »Und was deinen Herrn im Café betrifft, ich bin sicher, auch er wird irgendwann verschwinden.«

Jänicke wollte noch einmal auf die Gründe für seine Unruhe zu sprechen kommen.

»Was für Gründe?« fragte der Freund in einem Ton, der es Jänicke unmöglich machte, weiter darauf zu insistieren.

Er bedankte sich, daß der andere ihm so viel Zeit geopfert hatte, wollte wissen, ob das Angebot, notfalls miteinander zu telefonieren, ernst gemeint war. Dann sah er zu, wie der Freund, nachdem er die Tür aufgeschlossen hatte, grußlos im Treppenhaus verschwand.

18

Allmählich, er hatte den Winter hinter sich, wurde Jänicke ruhiger. Er war froh, daß seine Anwandlungen nicht zur Psychose ausgeartet waren, und auch die Beschwerden aus Einbildung, lange noch kam es ihm vor, als würde er beim Gehen das linke Bein nachziehen, auch diese Beschwerden, für die weder ein Arzt noch er selbst Gründe geltend machen konnten, ließen allmählich nach.

Nur einmal, es war vor dem Morgengrauen, fand Jänicke sich angekleidet auf dem Bett wieder. Er hatte lediglich Schuhe und Mantel ausgezogen, und als er den Mantel aufnahm, als er ihn auf einen Bügel schob, um ihn in den Schrank zu hängen, sah er Spuren von Mörtel an den Ärmeln und oberhalb des Saums nasse Spinnweben.

›Also war ich unterwegs‹, dachte er, glaubte sich zu erinnern, daß er mehrmals eine Wand berührt hatte und daß er sich, nachdem er über Baugerüste und herumliegende Kranteile gestiegen war, durch einen halbverschütteten Eingang hatte hindurchzwängen müssen. Oder hatte er dies nur geträumt? Es war ihm nicht der Mühe wert, darüber nachzudenken.

Er setzte sich an den Computer, versuchte zu arbeiten, schrieb einige Kapitel. Immer noch gelang es ihm, den Zugang zu den griechischen Philosophen durch Anekdoten aus deren Leben aufzulokkern. Er, ja nur er verstand es, über Plato, Aristoteles oder Sokrates auf derart unterhaltsame Weise zu reflektieren, aber irgendwann wurde ihm die Sache schal.

›Intellektuelle Spitzfindigkeiten‹, dachte er. ›Man kann im Leben nicht immer nur geistreich sein‹, und er beschloß, dies alles einmal hinter sich zu lassen und ausgiebig Urlaub zu machen. ›Warum nicht‹, dachte er, ›ich habe mir seit Jahren nichts gegönnt.‹

Er suchte nach dem großen Koffer, und da er ihn nicht fand, begann er sein Arbeitszimmer umzuräumen. Er hatte Utes Spiegel abgehängt und wollte auch ihre Zettelkästen, die neben seinem Schreibtisch gestapelt waren, auf den Hängeboden schaffen. Er holte eine Leiter, stellte die Sachen griffbereit neben sich auf, und als er den ersten Kasten über den Kopf hinweg anhob, flog ihm eine blaue, in der Mitte eingerissene Kinokarte entgegen, die er nur allzugut kannte. Jänicke nahm die Karte auf, fand auf der Rückseite eine hastig hingeschriebene Notiz:

»Drei Tage kein Essen. 40 Grad Fieber. Apathisch. M. anrufen. 851 72 58«, las er und war versucht, augenblicklich nach dem Telefonhörer zu greifen.

Aber so etwas wie Sorge überkam ihn, er könnte, was in Utes Handschrift wie eine Chiffre wirkte, durch einen einzigen Anruf auf unangenehme Weise entzaubern und erklärbar machen, und dies wollte er nicht. Er wollte die Nachricht einfach nur bei sich behalten, steckte die Karte in seine Brieftasche, und am Abend schlenderte er über den Olivaer Platz. Er hatte sich entschlossen, ins Kino zu gehen, wollte jenen Saal mit den Sitzen aus verschlissenem Velours wiedersehen. Dorthin war er mit Ute das letzte Mal ausgegangen, und wo damals gähnende Leere herrschte, war nun alles leidlich besetzt. Er suchte nach einem Platz in der sechzehnten Reihe, legte den Mantel ab, und als er sich umsah, bemerkte er, daß die Luke zum Vorführraum viel höher lag, als er es in Erinnerung hatte, so daß niemand von dem Lichtkegel des Projektors erfaßt werden konnte.

›Und doch habe ich den Hut und die scharfen Konturen gesehen. Wie man sich täuscht‹, dachte Jänicke.

Man zeigte einen Film von Huston. Da war ein Boxer mittleren Alters, der sich um ein Comeback bemühte und der, Minuten bevor er den Ring betreten durfte, auf der Toilette noch schnell einige Tabletten zu sich nahm, um den Blutsturz der kranken Nieren aufzuhalten. Jänicke konnte kaum zusehen, wie er anschließend im Ring zusammengeschlagen wurde. Aber dies war es nicht, was ihn berührte. Es waren vielmehr die langen Busfahrten, die gezeigt wurden und wie gleichmütig sich der Besiegte zu den Gelegenheitsarbeiten auf die Maisfelder fahren ließ. Und es war das Ende des Films, als der alternde Boxer am Tresen einen Drink bestellte und sich dem Barkeeper zuwandte, dessen Gesicht und Bewegungen Huston mit der Technik des Standkopierens gleichsam einfrieren ließ.

Der Effekt war ungeheuer und veranlaßte Jänicke sitzenzubleiben, während sich der Saal allmählich leerte. Er griff, als müsse er sich festhalten, nach dem Mantel, der auf dem Platz neben ihm lag, und er dachte daran, daß auch Ute damals mit der gleichen hastigen Bewegung nach ihrem Mantel gegriffen hatte.

Der Vorraum des Kinos wirkte, obwohl überfüllt, auf merkwürdige Weise ruhig. Man sprach gedämpft, bewegte sich äußerst langsam. Oder lag es daran, daß Jänicke unter dem Eindruck des eben Gesehenen seine Stimmung fortbestehen ließ? Er wäre jetzt gern ins Café gegangen, war aber klug genug zu wissen, daß er sowohl den Leipziger Platz als auch die Tauentzienstraße nach Möglichkeit meiden sollte, und so wie es ihm gelang, an Utes offenbar letzter Notiz nicht zu rühren, so wollte er auch das eigene Geheimnis gelten lassen. Als er auf der Straße war, ging er zur nächsten Telefonzelle, suchte in seinem Notizbuch nach der Rufnummer des Freundes, begann zu wählen, hängte, ehe die Verbindung zustande kam, den Hörer wieder ein. Er hatte jetzt keine Lust, mit jemandem zu reden, hoffte aber, daß der Freund mit seiner Bemerkung recht behalten würde. Was hatte er gesagt?

›Man läßt eben von gewissen Dingen ab. Und was diesen Herrn im Café betrifft, auch er wird irgendwann verschwinden.‹

19

Hat man einen Begriff davon, wie rasch die Julihitze die Ebene vor der Ruinenstadt Samaria austrocknet, so daß zuletzt nur noch so etwas wie Staub übrigbleibt und über den weißen Felsbrocken ein ununterbrochenes Flimmern? Kein

Strauch, kein Baum weit und breit, und hinter dem Horizont, wie eine unbestimmbare, leicht nach Süden gekrümmte Linie, das Meer. Oder ist auch das nur ein Höhenzug, dem Auge durch die übermäßige Hitze entzogen? Um die Mittagszeit kann man hier unmöglich verweilen, gegen Abend aber, sowie es dunkel wird, hört das Flimmern über den Felsbrocken schlagartig auf. Kälte und Klarheit breiten sich aus, zunächst von oben, vom wolkenlosen, blauschwarzen Himmel her, dann kriecht es über die Füße bis zu den Knien hoch, man beginnt zu frösteln und sieht keine Möglichkeit, dies zu ändern. Denn was einem inmitten dieser Einöde im Rücken aufragt, ist eine Ansammlung umgestürzter Quader und Säulen, notdürftig wieder aufgerichtet. Man erkennt oder ahnt Treppen, Giebel und Eingänge, aber hier wohnt seit annähernd tausend Jahren niemand mehr, und niemand kann das Gras aufhalten, das aus den Ritzen heraus die Mauervorsprünge überwuchert. Kein Hund streunt, was möglich wäre, da ein Dorf in der Nähe ist, zwischen den Tempelresten umher, und das leblose Schweigen, das hier herrscht, dauert bis zur Morgendämmerung und ein Stück darüber hinaus. Dann, gegen neun Uhr, wenn die Sonne noch erträglich ist, hört man von der Ebene her das

Geräusch von Motoren und ein gelegentliches Hupen. Vom Diesel geschwärzte, klapprige Busse schaffen Touristen herbei, die den Platz vor der Ruinenstadt rasch überfluten. Unübersehbar das Gedränge, ehe man das Tor öffnet, und doch quälen sich immer neue Busse über die schmale, gewundene Straße zur Anhöhe hinauf.

Auf dem Gelände, das es zu besichtigen gilt, bilden sich Gruppen, die jeweils von einem Cicerone angeführt werden. Mit erhobener Stimme und stets darauf achtend, daß er auch den Letzten mit seinen Ausführungen erreicht, erklärt er die Sehenswürdigkeiten, wobei er, um für alle sichtbar zu sein, auf einen der umgestürzten Marmorblöcke klettert. Man spricht Englisch, Französisch, Arabisch, und jener, der die größte der Gruppen anführt, redet in schwäbischem Tonfall, und es ist unübersehbar, daß er es eilig hat, zur Akropolis zu gelangen. Ja, zur Akropolis mit ihrem Wirrwarr von Zugängen und den schwarzen Löchern, die, keine anderthalb Meter hoch, einen Weg ins Innere anzudeuten scheinen. Aber ehe dies klar wird, muß die Gruppe noch lange auf dem Areal verweilen, das von Säulenresten umgeben und der Sonne schutzlos ausgeliefert ist. Und da stehen sie nun, Schirmmützen, Strohhüte, an den Ecken geknotete Taschentücher auf dem Kopf, und warten geduldig, bis jener, der nicht müde wird, ihnen die Besonderheiten, die sie vor Augen haben, auf das gründlichste zu erklären, bis er auf eines der schwarzen Löcher weist, durch das jeder einzeln und einer nach dem anderen, leicht gebückt und sich an der Mauer abstützend, um nicht zu stolpern, verschwindet.

Wenn man wieder auftaucht, geschieht es einige Meter höher, dort, wo sich der Palast der Israelischen Könige befindet und wo man genötigt ist, eine breite Treppe, die zum Areal führt, hinabzusteigen. Ein allgemeines Schütteln der Schirmmützen und Strohhüte beginnt. Niemand hat vergessen, im Innern, wo man sich zehn bis zwanzig Minuten aufhält, die Kopfbedeckung abzunehmen, und die Gesichter wirken verändert, als ob man etwas erlebt hätte. Oder ist es nur, weil man so unerwartet und übergangslos ins Freie zurücktritt und Mühe hat, die Augen an das grelle Licht der Sonne zu gewöhnen?

Jänicke jedenfalls zeigte einen geübten Griff, als er sich die Leinenkappe, die er unter die Achsel geschoben hatte, aufsetzte. Er trug, um die Hitze abzuwehren, weite Baumwollhosen, dazu ein T-Shirt, das ihm bis über die Oberschenkel reichte, und daß jener, der nun einen Faltplan in der Hand hielt, um mit seinen Erklärungen fortzufahren, daß der Cicerone, dessen Kenntnisse und Redegewandtheit allgemein geschätzt wurden, mitten im Hochsommer unter der Jacke auch noch eine Weste aus Satin trug, dies war Jänicke irgendwie selbstverständlich. Nur manchmal kam es ihm wieder vor, als wäre die Knopfreihe der Weste übermäßig lang und als hätte der Stoff der dunkelgrauen Jacke, obwohl in bestem Zustand, längere Zeit irgendwo gelegen.

Wo er übernachtete? Jänicke hatte nicht die Absicht, danach zu fragen.

Interessant war, was man über die Gegend erfuhr: daß sie als Wiege der Zivilisation galt und daß deren karge, spröde Schönheit, soweit das Auge reichte, wie ein fortwährendes Versprechen wirkte. Ja, dieses Samaria, an das man, aus welchen Gründen auch immer, als Tourist geraten war... Es wurde, nach den Zeugnissen des Alten Testaments, dem Stamm des Efraim und des Manasse, den Söhnen Josefs, zugeteilt. Hier hinterlegten die Hebräer während der Eroberung ihre Bundeslade, bis die Philister sie entwendeten. Dies alles erfuhr Jänicke und auch, daß sich Samaria nach dem Tod Salomons gegen das Haus David erhob und nach der Herrschaft der Assyrer zutiefst von der hellenistischen Kultur, später vom Christentum durchdrungen wurde.

»Stellen Sie sich vor«, sagte der Cicerone, indem er Jänicke sanft am Ellbogen berührte, »stellen Sie sich vor«, sagte er, »die Straße des Septimus Severus soll eintausendsiebenhundert Meter lang gewesen sein, die Breite variiert, aber es ist ein Irrtum. Ich habe alles nachgemessen. Sie war wesentlich kürzer, und die sechshundert korinthischen Säulen, die hier eingezeichnet sind, waren niedriger als zwölf Meter.«

Jänicke sah, als wäre er mit dem Problem vertraut und als wäre er nur deshalb näher getreten, in den Faltplan, dann überblickte er die Richtung, die der andere ihm bezeichnet hatte, aber da war nichts. Nur riesige, flachgeschliffene Felsbrocken, die die Straße andeuteten. Er wollte etwas antworten. Es kam nicht dazu, weil der Cicerone eine Uhr aus der Westentasche zog. Ein kurzer Blick auf den Himmel, als wolle er den Stand der Sonne überprüfen...

Es sei weit über Mittag hinaus, sagte er, also Zeit, etwas zu essen.

Jänicke sah zu, wie man sich vor der Bude am Eingang zum Forum Romanum nach Maisfladen und Coca-Cola-Büchsen drängte.

›Was für eine Hektik. Damals war alles leer. Es war eben Winter‹, dachte er, und als er erfuhr, daß die Führung für heute beendet war, saß er als erster in dem Bus, der über Nablus fuhr, wartete geduldig, bis alle Plätze besetzt waren und bis man den Fahrer aufgetrieben hatte.

In Nablus verließ Jänicke den Bus und betrat eine Pension, in der er ein Zimmer gemietet hatte. Es war ein flacher, frischgekalkter Betonbau, dahinter ein paar brüchige Stufen, ehe man den Hof betrat, in dessen Mitte ausrangierte Autoreifen übereinandergestapelt waren, und irgendwann erschien, während Jänicke das im übrigen säuberlich aufgeräumte und gefegte Viereck musterte, ein alter Mann, der ihm, bevor er sich auf die Autoreifen setzte, ein Glas heißen Tee und einen Klappstuhl anbot.

Jänicke sah zu, wie der Alte ein größeres Glas, ebenfalls mit Tee gefüllt und ebenso heiß wie jenes, das er selbst kaum zwischen den Fingern halten konnte, er sah, wie mühelos der Alte es an die Lippen setzte und leertrank, ohne sich zu verbrühen. Er hielt sich unbeweglich, und wohin sein Blick ging, war nicht auszumachen.

›Gleich wird er Bethel kauen‹, dachte Jänicke, und ihm fiel ein, wie überrascht er gewesen war, als der Cicerone plötzlich, um den Stand der Sonne zu überprüfen, eine Uhr aus der Westentasche gezogen hatte.

›Eine Uhr‹, dachte Jänicke. ›Und ich hätte schwören können, daß er nie eine nötig haben würde.‹

Er war müde, war versucht, in sein Zimmer zu gehen, statt dessen blätterte er in seinem Notizbuch, schien zu überprüfen, wie lange er nun schon in dieser Gegend verweilte, und er überlegte, ob es weiterhin Sinn machte, sich jeden Tag auf eine Anhöhe hinauffahren zu lassen, nur um jenes Gefühl von Vertrautheit nicht zu verlieren oder weil einem gesagt worden war, hier wäre so etwas wie Ursprung und Ende aller Dinge. Und Jänicke achtete kaum noch auf jenen, der dies gesagt hatte. Er achtete lediglich auf dessen Wink, der ihn und die anderen aufforderte, durch die schmale Öffnung, die wie ein schwarzes Loch wirkte, zu gehen.

Hinter den hohen Mauern der Pension, aber auch hinter dem Dach des flachen Betonbaus war ein ununterbrochener Lärm im Gange, als wäre da eine Menschenmenge in äußerster Erregung, und jetzt erst bemerkte Jänicke, daß er sich geirrt hatte. Da waren keine Autoreifen. Der alte Araber saß unter einem Feigenbaum, dessen Stamm er mit der rechten Schulter berührte.

›Sieh mal einer an‹, dachte Jänicke, betrachtete die großen Blätter, und er beschloß, in Nablus bequemere Schuhe zu kaufen, ›vielleicht sogar Turnschuhe‹, dachte er, um die nächste Führung besser zu überstehen. Nicht, daß es ihm ein Problem gewesen wäre, in der Sonne drei oder vier Stunden auszuhalten, dafür hatte er sich die weiten Baumwollhosen besorgt, und die Leinenkappe hatte einen großen Schirm, so daß er mit den Augen, wohin er auch blickte, immer im Schatten war. Nur die Schuhe, ja die Schuhe konnten es nicht verhindern, daß er nach übermäßig langem Stehen geschwollene Füße bekam.

Am nächsten Tag gab es noch einmal Grund zur Aufregung. Jänicke saß in einem Basar und konnte nicht verhindern, daß man ihm, obwohl er sich längst entschieden hatte, immer neue, immer bequemere Schuhe anbot, und als er endlich gezahlt hatte, war der Bus, der ihn nach Samaria bringen sollte, nicht mehr zu erreichen. Er war gezwungen, ein Taxi zu nehmen, versuchte, dem Chauffeur klarzumachen, daß er in Eile war.

Der Chauffeur blieb ungerührt, konnte dem Wagen offenbar keine höhere Geschwindigkeit abverlangen, und so durchquerten sie gemächlich und indem der Auspuff eine Spur schwarzen Qualms hinter sich herzog die Ebene, und auf der Höhe des Minaretts konnte Jänicke seine Ungeduld nicht mehr unterdrücken. Er warf dem Araber einen Geldschein auf den Beifahrersitz, öffnete einen Spaltbreit die Tür, und als sie das Dorf hinter sich hatten, sprang er aus dem Wagen.

›Gut, daß ich die Turnschuhe anhabe‹, dachte er, hastete auf das Areal der Akropolis zu, atmete auf, als er sah, daß man noch um den Cicerone versammelt war. So blieb ihm Zeit, die Schnürsenkel seiner Schuhe zu ordnen und fester zu binden, dann ging auch er, wie alle anderen, leicht gebückt und sich an der Mauer abstützend, um nicht zu stolpern, durch eines der schwarzen Löcher und verschwand.

Diesmal dauerte es wesentlich länger, ehe der erste Tourist wieder auf der Treppe, die zum Palast der Israelischen Könige führte, auftauchte, und es war unübersehbar, daß man zögerte, die Strohhüte und Schirmmützen so rasch, wie dies sonst geschehen war, aufzusetzen. Oder war es eine Täuschung? War es nur Jänicke, der, statt seine Leinenkappe unter der Achsel hervorzuziehen, für dieses Mal barhäuptig stehenblieb? Mit Verwunderung, ja beinahe, als wollte er sich nochmals vergewissern, drehte er sich nach jener Stelle um, an der er aufgetaucht war.

Ein leichter Wind kam auf, der den Cicerone veranlaßte, den Oberkörper zu drehen, um den Faltplan besser zu fassen, dessen Enden zu flattern begannen, und er ging in dieser Haltung in Richtung auf das Forum Romanum zu, bis Jänicke ihn aus den Augen verlor. Und auch die anderen, die Touristen, hatten es eilig, von den glühendheißen Steinplatten wegzukommen. Jänicke blieb allein auf dem Areal zurück.

Und nun sah man, die Sonne stand in ihrem Zenit, nun sah man, obwohl es nötig gewesen wäre, die Leinenkappe, die er immer noch unter der Achsel hielt, aufzusetzen, nun sah man, wie Jänicke, statt sich gegen die Sonne zu schützen, den CD-Player aus der Hosentasche zog. Ein kurzes Überprüfen der Batterien, der Deckel schloß sich über der silbernen Scheibe mit der Aufschrift *Fünf Stücke für Orchester, Op. psth.* von Anton Webern.

Ob Jänicke dann noch die Kopfhörer aufsetzte, ob er den CD-Player einschaltete, ob es das Surren der Scheibe oder lediglich der Wind war, was man zu hören glaubte, dies war auf die Entfernung hin und da Jänicke in dem Flimmern der Mittagshitze allmählich die Konturen verlor, nicht mehr zu erkennen.

Tod einer
Diva

I

Zunächst war sie irritiert darüber, daß das junge Mädchen nicht erschienen war, jenes Mädchen, das ihr so überaus sanft ins Kleid zu helfen verstand. Wie eine Heilige und als hätte es unendlich viel Zeit, stand es regelmäßig da, und wenn es ihr, auf die es schließlich ankam, wenn es der großen alten Dame gefiel, sich ankleiden zu lassen, dann waren es zwei, drei kaum spürbare Berührungen, bis sich der Reißverschluß in ihrem Rükken schloß. Es war ein leichtes, angenehmes Ziehen, auch spannte sich etwas unerbittlich über ihrem Zwerchfell, und im Nacken begann es zu prickeln, dann aber, wenn alles erledigt war, wenn das Mädchen, das die Hände sinken ließ, einige Schritte zurücktrat, fühlte sie sich gesichert. Jetzt war es ihr möglich, vor dem Spiegel ihre Perücke zu überprüfen, jenes hochgetürmte Rokokogebilde, das mit allzuviel Weiß überpudert war. Ein energischer Griff nach dem Etui, die Zigarette, die sie herauszog, war rasch in Brand gesetzt, und wie sie nun dastand, aufrecht, den Kopf erhoben, den

Blick über das spärliche Inventar hinweg ins Ungefähre gerichtet, dies war die Geste, mit der sie Abend für Abend ihren Erfolg sicherte.

Aber nun war das Mädchen ausgeblieben, und in der Nähe des Paravents stand ein Mann mittleren Alters. Er schien auf ihre Anweisungen zu warten, und er trug, wie sie meinte, viel zu große Schuhe, und die Joppe wirkte wie ausgestopft. Ratlos blieb sie auf ihrem Drehstuhl sitzen, und sie weigerte sich, jenem, den man ihr statt des Mädchens in die Garderobe geschickt hatte, auch nur ins Gesicht zu sehen. Das Kostüm hing an einem Bügel, und den Kleiderständer, der mit Gummirädern bestückt war, hatte man in greifbare Nähe gerückt. Sie hätte sich jetzt erheben und mit dem Finger, so wie es ihre Gewohnheit war, auf den schweren Brokat zeigen müssen, dann hätte man ihr das Kleid hingehalten, und sie wäre hineingestiegen, hätte es, die Ärmel zuerst, irgendwie an sich gezogen. Sie fröstelte in dem Brokat, und wenn sie die Bühne betrat, dauerte es eine Viertelstunde, bis er sich erwärmt und ihrer Körpertemperatur angepaßt hatte, und diese Viertelstunde, sie hatte es mehrmals geltend gemacht, betrachtete sie als verlorene Zeit.

›Wie‹, dachte sie jetzt, ›könnte der Abend verlaufen, wenn ich sofort, mit vollstem Wohlbehagen, sozusagen nicht ständig unterkühlt, vor die Leute treten dürfte? Jedenfalls erfolgreicher, als er ohnehin ist‹, dachte sie.

Sie sah in den Spiegel, und da sie die Brille nicht aufhatte, geriet ihr alles ins Konturlose, so auch der Nacken des Garderobiers, der sich vor der oberen Hälfte der Tür, die einen Spaltbreit geöffnet war, abhob. Da war der Halsansatz, der schmal wirkte, und ein Stück Schulter, und sie ertappte sich dabei, wie sie wünschte, der Garderobier möge sich umdrehen, damit sie die Joppe sehen konnte.

›Diese Joppe‹, dachte sie, ›die wie ausgestopft wirkt.‹

Man hörte, wie Wasser ins Waschbecken lief, und als der Garderobier den Hahn zudrehte, sagte sie plötzlich:

»Ich fühle mich heute nicht gut.«

Sie trommelte mit den Fingern gegen die Stuhllehne, und wieder gab es einen Umstand, der sie irritierte: Sie spürte, daß ihre Selbstsicherheit, die stets wie eine Nötigung, ja wie ein Zwang auf ihre Umgebung gewirkt hatte, für dieses Mal folgenlos blieb, und je länger sie mit den Fingern gegen die Stuhllehne trommelte, je nachhaltiger sie wünschte, es möge etwas geschehen, desto unwiderruflicher geschah nichts. Nur die Uhr über dem Spiegel tickte, das heißt, man hörte, wie der Sekundenzeiger anschlug. Es war ein flacher, trockener, irgendwie spröder Ton, als würde Plastik auf Plastik schlagen.

»Gut, daß Sie gekommen sind«, rief sie erleichtert, als der Dichter die Garderobe betrat. »Denken Sie nur«, sagte sie und streckte ihm die Hand hin. »Ich bin immer noch nicht im Kleid. Ich finde, wie Sie sehen, Gelegenheiten mich zu verspäten.«

Der Dichter nahm ihre Hand, es war eine sanfte, fahrige Bewegung. Er erwiderte ihren Blick nicht, und seine Freundlichkeit wirkte zerstreut. Er trat, kaum daß sie einander begrüßt hatten, wieder auf den Korridor hinaus.

›Immer ist er in Gedanken‹, dachte sie, als er die Tür in ihrem Rücken schloß, und daß der Garderobier die Tür erneut öffnete, wenigstens einen Spaltbreit, dafür war sie beinahe dankbar.

Man hörte das erste Klingelzeichen. Die Uhr zeigte wenige Minuten vor acht. Von weit her ein Stimmengewirr, es war wie ein Summen. Kein Zweifel, der Zuschauerraum begann sich zu füllen.

»Sie haben Ihre Tropfen nicht genommen«, sagte der Garderobier, und sie wunderte sich, daß er, obwohl er ihre Gewohnheiten unmöglich kennen konnte, sofort das Fläschchen zur Hand hatte, und er zählte, als hätte er nie etwas anderes getan, zwanzig Tropfen ab, die er auf ein Stück Würfelzucker träufelte. Er benutzte auch den Löffel, jenen silbernen Löffel, den sie in der Handtasche mit sich führte, und sie konnte nicht sagen, wie es dazu gekommen war. Die Tasche lag verschlossen auf dem Schminktisch, und ehe sie Zeit hatte, danach zu fassen, um, dies schien ihr ratsam, zu überprüfen, ob der Garderobier das richtige Fläschchen benutzte, spürte sie schon den gewohnten Mandelgeschmack zwischen Zunge und Gaumen. Sie sah zu, wie der Garderobier zum Kleiderständer ging und alles, was dort hing, musterte. Er schob mit Ring- und Zeigefinger die Bügel auseinander, nur den Brokat, das merkte sie wohl, den Brokat rührte er nicht an, ja er ließ ihn, indem er alles andere mit einem energischen Ruck nach rechts schob, überhaupt erst sichtbar werden.

Wieder wurde die Tür geöffnet, der Dichter betrat die Garderobe. Sie hielt ihm die Hand hin, zögernder als beim ersten Mal. Sie flüsterte ihm etwas zu. Der Dichter runzelte die Stirn, und während er ihre Hand freundschaftlich, fast liebevoll zurückwies, sagte er: »Was Sie für Sorgen haben.« Dabei sah er auf den Garderobier, und es kam ihr vor, als würde dieser seinen Blick erwidern. Auch war da ein leichtes Kopfschütteln, als der Dichter bemerkte, daß es höchste Zeit war, die Bühne zu betreten. Sicher, er sprach kein Wort, machte, außer dem Kopfschütteln, keine Geste, die sie als Vorwurf hätte deuten können. Vielmehr trat er auf den Korridor zurück, vergaß diesmal, oder war es Absicht, die Tür in seinem Rücken zu schließen, und obwohl sie keine Brille aufhatte, konnte sie deutlich sehen, wie eilig er es hatte und wie er, mit den Armen rudernd, hinter der nächsten Ecke verschwand.

›Ich habe ihn gekränkt‹, dachte sie, schob die Schulterblätter gegeneinander, als wäre sie ungeduldig und als wünschte sie, endlich das Kleid anzuziehen. ›Wie abhängig man von diesen Dingen wird‹, dachte sie, und ihr fiel ein, daß sie nicht nur diesen Brokat, sondern seit jeher ein Kostüm nötig gehabt hatte.

»Denken Sie nur«, sagte sie laut und deutlich, »ich habe mir schon als Kind hohe Kragen ans Kleid gesteckt, um mich besser zu fühlen.«

Man hörte das vorletzte Klingelzeichen, und merkwürdig: Obwohl alles zur Eile drängte und obwohl sie vermuten durfte, daß das Theater ihretwegen in Verlegenheit war, sie erhob sich nicht.

»Die Tropfen habe ich genommen«, rief sie dem Dichter zu, der wieder im Korridor auftauchte. »Aber sie haben nicht geholfen. Auch Sie«, rief sie und faßte sich mit beiden Händen an die Schläfen, »auch Sie«, darauf bestand sie geradezu, »müssen in Ihrem Alter Schwierigkeiten haben!«

Der Dichter zog eine Tube aus der Jackentasche, deren Verschluß er losschraubte, und er versicherte, daß er, wenn er Kopfschmerzen hätte oder einen Anfall von Schwindel, was in letzter Zeit öfter vorkäme, daß er sich Öl auf den Scheitel gießen würde, und, als müsse er dies demonstrieren, hielt er sich die Tube über den Kopf. Ein dünner Faden duftenden Öls floß aus der Öffnung. Er verrieb es sorgfältig mit dem Handballen, achtete darauf, indem er sich gebückt hielt, daß man der Prozedur zusehen konnte. Der Garderobier, obwohl ihn niemand darum gebeten hatte, begann die Nadeln an der Perücke zu lösen. Er nahm dem Dichter die Tube aus der Hand, und nun spürte auch sie, nachdem sie von der Perücke befreit und nachdem der straffgewickelte Tüll gelockert war, nun spürte auch sie Öl auf dem Haar, und sie begann sich, wie jener, der immer noch gebückt vor ihr stand, zu massieren. Es waren die sanften, kreisenden Bewegungen, es war die leichte Neigung des

Kopfes, die sie, der Garderobier trat einige Schritte zurück, einander nahebrachten. Sie wirkten wie altgewordene Geschwister, die sich etwas zu sagen hatten, es aber bei der Nähe, die zufällig entstanden war, beließen. Sie blieben stumm, und jeder schien dem anderen zeigen zu wollen, wie gut er seine Sache, eben jenes Kreisen mit dem Handballen, verstand und wie wohltuend das Ganze auf die Dauer war.

»Sagen Sie mir«, sagte sie, nachdem sie sich wieder aufgerichtet hatten, ihre Mienen waren entspannt, und sie lächelten einander zu, wie lange nicht mehr, »sagen Sie mir«, sagte sie ohne eine Spur des Vorwurfs, »warum hat alles so wenig Sinn, was Sie schreiben?«

»Warum sollte ich etwas schreiben, was Sinn hat«, sagte er, und seine Gelassenheit wirkte derart überzeugend, daß sie, statt darauf zu antworten oder ihm zu widersprechen, in ein kurzes Nachdenken verfiel.

»Auch ich kenne solche Stimmungen«, sagte sie, »aber ich komme damit zurecht. Ich habe die Geste mit der Zigarette erfunden.«

»Gott sei Dank«, versicherte er, als hätte sie etwas Entscheidendes gesagt. »Gott sei Dank«, wiederholte er und nochmals: »Gott sei Dank«, wobei er ihr, als müsse er dies bekräftigen, die rechte Hand auf die Schulter legte.

Im Raum hatte sich etwas verändert.

»Der Garderobier«, sagte sie. »Der Garderobier ist verschwunden.«

Der Dichter ließ ihre Schulter los, sah sich um. Er zog die Augenbrauen hoch, wollte etwas rufen, aber schon war der Garderobier zurück. Er schob sich mit der Joppe durch die Tür, öffnete den Kragenknopf, als müsse er sich Luft machen.

»Die Leute sind geduldig«, sagte er. »Ich war bei den Logen. Sie sitzen da und warten. Kein überflüssiges Wort. Kein Flüstern. Man könnte eine Stecknadel fallen hören.«

Die große alte Dame richtete sich auf. Sie begann den Gürtel ihres Morgenmantels zu lösen. Wohl in Erwartung des Kostüms und als hätte sie schon die Ärmel vor sich, streckte sie, nachdem sie den Mantel ausgezogen und über den Schminktisch gelegt hatte, beide Arme nach vorn. Dann, als dürfe sie dies auf keinen Fall vergessen, griff sie nach dem Etui mit den Zigaretten, preßte es gegen die Brust, und mit der anderen Hand versuchte sie, den Tüll, dessen Enden ihr lose über der Stirn hingen, zu ordnen. Es gelang ihr nicht, und da sie die Zigaretten nicht losließ, aber auch nicht aufhörte, mit der einen Hand nach dem Tüll zu fassen, entstand der Eindruck, sie hätte sich in ihrem Bemühen, das vergeblich war, irgendwie verstrickt.

Der Garderobier wollte ihr behilflich sein, der Dichter legte den Zeigefinger auf die Lippen.

»Pst«, sagte er, ging auf den Kleiderständer zu, faßte nach dem Kostüm, zog es vom Bügel. In hohem Bogen, wie ein Torero, schwenkte er es einmal um die eigene Achse, schlüpfte hinein, und der Garderobier, ja wie war der Mann verständig, schloß den Reißverschluß in seinem Rücken. Als er dem Dichter die Perücke aufsetzte, hielt dieser den Kopf besonders aufrecht, als wüßte er, daß es jetzt darauf ankam, das hohe Rokokogebilde in der Balance zu halten.

»Das haben Sie gut gemacht«, sagte die große alte Dame und streckte ihm das Etui entgegen.

Der Dichter wunderte sich über ihr rasches Einverständnis und daß sie ihn, der noch zögerte, daran erinnerte, die Geste nicht zu vergessen, jene Geste, mit der sie Abend für Abend ihren Erfolg sicherte.

»Stellen Sie sich in die Tür«, sagte sie, »und rauchen Sie drauflos. Aber so«, sagte sie und machte eine ausholende Bewegung mit der Hand, »so«, wiederholte sie, »daß Sie die Dinge um sich her und alles, was Sie vor Augen haben, auf unwiderrufliche Weise übersteigen.«

Der Dichter stellte sich auf die Schwelle, versuchte ihre Geste nachzuahmen. ›Nie‹, dachte sie und mit einem Anflug von Genugtuung, ›nie wird es ihm gelingen‹, und ehe sie ihm nochmals Mut machen konnte, war er über den Korridor hinaus verschwunden. Sie hörte das vertraute Klicken der Eisentür, die zur Hinterbühne führte, und gleich, aber dies konnte sie nur vermuten, würde er den zierlichen Stuhl am Vorhang erreicht haben.

»Wie ich ihn kenne«, sagte der Garderobier, »wird er die verlorene Zeit mühelos aufholen«, und er begann, seine Joppe aufzuknöpfen. Es waren Holzknöpfe mit einer silbrigen Umrandung, und offenbar hatte er Mühe, sie durch die engen Löcher zu ziehen. Oder lag es daran, daß er immer noch den Eindruck vermittelte, er wäre darunter wie ausgestopft? Drei, vier Bewegungen, ein energisches Anrucken, der Daumen drängte geradezu durch die Löcher nach...

›Nun wird man ja sehen‹, dachte sie, als die Joppe endlich offen war. Aber da war nichts, nur das Übliche: ein grauer Pullover, darunter ein Hemd, und er begann sofort, nachdem er die Joppe abgelegt hatte, beide Ärmel hochzuschieben.

›Es ist der Garderobier‹, dachte sie. ›Er macht es sich bequem‹, und plötzlich kam ihr alles, was sie bisher irritiert, was sie mißtrauisch gemacht hatte, irgendwie vertraut vor. Sie wunderte sich, daß sie jemals nach dem Mädchen verlangt hatte. Auch kam es ihr vor, als sie die Geräusche im Lautsprecher, der leise gedreht war, hörte, als ginge es auf der Bühne zu wie immer. Obwohl sie nicht anwesend war und obwohl der Dichter, der sie vertrat, den Haaransatz unter der Perücke nicht verbergen konnte und obwohl jeder sehen mußte, daß er einen guten Kopf kleiner war als sie und verwachsen wirkte.

›Jetzt‹, dachte sie, ›hat er jene Stelle erreicht, an der er sich nach vorn beugen muß, um sein Flüstern verständlich zu machen.‹ Man hörte das Nachrücken des Stuhls, jenes Stuhls, von dem man nie wußte, ob er, seiner Fragilität wegen, zusammenbrach. ›Aber er bricht nicht‹, dachte sie, ›und wenn man sich erhebt, muß man darauf achten, daß sich der Saum des Kostüms nicht am Stuhlbein verfängt.‹

Die Stille, die folgte, war ihr nicht ganz klar, weil sie meinte, jetzt käme der lange Satz, und wenn man den hinter sich hatte, kam schon der Gang zur Rampe, die Zigarette und jene unnachahmliche Bewegung mit der Hand. Sie wußte natürlich, daß sie das Ein- und Ausatmen des Zigarettenrauchs nicht würde hören können, und sie konnte nur vermuten, wann die entscheidende Bewegung einsetzte.

›Aber der Jubel‹, dachte sie, ›der Jubel, der hier losbricht, hat mich immer getragen.‹

2

Es war über jene Zeit hinaus, in der sie sonst die Garderobe verließ und über den mangelhaft beleuchteten Hof ging, und wie oft hatte sie Mühe gehabt, nicht über die Unebenheiten und über die Ketten, die vor dem Parkplatz gespannt waren, zu stolpern. Sie wunderte sich, daß die Dämmerung zwar zunahm, aber die Schatten, die länger wurden, sich nicht zur Dunkelheit verdichten wollten. Sie konnte, und ohne daß das Licht brannte, alle Gegenstände auf dem Schminktisch deutlich sehen.

Da war die Haarbürste, die sie benutzte, wenn sie von dem Tüll befreit war, und die Nagelfeile, die sie noch einmal flüchtig aufnahm, bevor sie die Handtasche schloß, und da war das Etui mit den Zigaretten, das sie an diesem Abend aus der Hand gegeben hatte. Die Ruhe im Haus, man hörte nur noch das Rauschen der Heizung und hin und wieder, aber weiter weg, ein Gluckern und Zischen, als würde von irgendwoher Luft entweichen, die Ruhe bewies ihr, daß niemand mehr anwesend war, bis auf den Garderobier, der im Korridor auf und ab ging. Sie hatte nicht darauf bestanden, daß er auf sie wartete, und, was immerhin üblich war, als letzter, nachdem er für Ordnung gesorgt hatte, den Raum verließ. Es war nur angenehm zu wissen, daß er, und auf so rücksichtsvolle Weise, in ihrer Nähe blieb. Sie war versucht, nach ihm zu rufen. Aber was sollte sie ihm sagen! Daß sie endlich, als hätte sie sich lediglich verspätet, bereit war, ein Taxi zu bestellen? Sie wußte, daß sie niemandem würde erklären können, warum sie immer noch auf ihrem Drehstuhl saß. Der Lautsprecher über der Tür war abgeschaltet, schließlich wäre es sinnlos gewesen, in eine derartige Stille hineinzulauschen, und doch hatte sie das Gefühl, daß es auf der Bühne, die jetzt verlassen und lichtlos dalag, irgendwie anders war.

Sie wollte etwas überdenken. Oder war es ein Erinnern, vage und unbestimmt und derart in den Hintergrund gedrängt, daß sie davon abkam? Bilder stiegen in ihr auf, in rascher Folge, sie hatte kaum Zeit, über die Fülle und Gedrängtheit zu staunen: wirbelnde Felsbrocken, eine Handvoll Staub, ein junger Mann, der sie hoch in die Luft warf. ›Lange her‹, dachte sie, bevor sie sich selbst auf einem Motorrad sah und wie sie durch eine Häuserflucht fuhr. Oder war es eine Bühne, und gab es in diesem Erinnern, das sich so flüchtig und wie ein Filmband vor ihrem Innersten abspulte, gab es da überhaupt etwas, das nicht Bühne oder Theaterkulisse war?

Sie griff nach der Perücke, die am oberen Scharnier des Paravents hing, meinte aber, dies stünde ihr nicht mehr zu, und auch das Kleid, das der Garderobier flüchtig, mit verdrehten Ärmeln über einen Bügel geworfen hatte, wollte sie nicht berühren. Sie spürte das Öl auf dem Haar, wünschte, daß endlich jemand käme, um es ihr auszuwaschen. Sie begann, den Tüll zu lockern, preßte ihn, nachdem sie Stirn und Nacken davon befreit hatte, zu einem Knäuel zusammen, warf es in Richtung auf den Abfalleimer. Das Knäuel landete, und indem es sich wieder entwirrte, an der Türschwelle. Ein Teil reichte bis in den Korridor hinaus. Das Ganze wirkte fettig und unansehnlich und als hätte sie es jemandem vor die Füße geworfen, so daß sie versucht war, es sofort wieder aufzuheben.

›Der Garderobier‹, dachte sie, ›der Garderobier wird es erledigen‹, und sie sah schon die ausgestreckte Hand und die Schuhe, ja die viel zu großen und ewig auf- und abwippenden Schuhe, die sich durch den Türspalt schoben.

Minuten später lag der Tüll immer noch da, und sie versuchte herauszufinden, ob sich der Garderobier, der vor kurzem noch im Korridor auf- und abgegangen war, in Richtung auf die Treppe zu entfernt hatte.

›Vielleicht verhandelt er mit dem Pförtner‹, dachte sie, ›und sorgt dafür, daß der Bühneneingang offen bleibt. Wenigstens für die nächste Viertelstunde‹, dachte sie, und sie spürte sehr wohl, daß sie außerstande war, sich so rasch, wie sie es wünschte, zu erheben. Sie streckte den Oberkörper nach vorn, umklammerte mit den Händen die Stuhllehne, und der Gedanke, daß es ihr, aus welchen Gründen auch immer, nicht mehr gelingen könnte, zur Tür zu gehen, dieser Gedanke gab ihr Kraft, so daß sie augenblicklich, es geschah beinahe ruckartig, mitten im Raum stand. Und wieder fiel ihr auf, daß es nicht dunkel werden wollte.

›So‹, dachte sie, ›ist es nie gewesen, wenn man das Licht hinter mir ausgemacht hatte und wenn der helle Schein von der Straße her durch das hohe

Fenster fiel.‹ Gleich hinter der Schwelle der offenen Tür die gewohnte Dunkelheit. Sie sah das diffuse, unterdrückte Rot der Notbeleuchtung. ›Ein paar Schritte‹, dachte sie, ›und ich könnte eines der Lämpchen, die überall angebracht sind, mit den Fingern berühren.‹

Aber obwohl der energische Schritt vom Stuhl weg in die Mitte des Raumes hinein ihr Selbstvertrauen gestärkt hatte, jetzt kam es ihr plötzlich vor, als hätte sie keine Kraft mehr und als wäre jeder weitere Schritt zuviel. Eine heftige Sorge überkam sie, darüber, daß sie hier, ja inmitten des vollgestellten Raumes, bei halboffener Tür, den weggeworfenen Tüll vor Augen, daß sie hier, in einem ewigen Zwielicht und ohne Schuhe, nur die Strümpfe hatte sie übergestreift, daß sie mit offenem Morgenrock und das Haar in klebrigen Strähnen über der Stirn, daß sie derart unvorbereitet und, wie sie meinte, ganz und gar unwürdig zu Boden fallen könnte.

Die Stille, die sie zu spüren glaubte, war ungeheuer. Auch schien es ihr nicht mehr nötig, auf den Garderobier zu warten.

›Es ist alles klar‹, dachte sie, ›und wer weiß‹, dachte sie, ›wenn ich erst die eiserne Tür zur Bühne hinter mir habe, wird er wieder zur Stelle sein.‹

Sie wunderte sich, wie leicht es ihr fiel, über die Schwelle hinweg den Korridor zu betreten, und die Lämpchen, die sie mit den Fingern berühren wollte, hatte sie nun vor Augen. Sicher, sie ging beinahe barfuß, und der Morgenmantel war ihr von den Schultern gerutscht, aber sie tat, als hätte sie keinen Grund mehr, darauf zu achten, ging langsam in der Dunkelheit, nur von dem diffusen Rot geführt, die Wand entlang, wendete auch an der Treppe, die sie passierte, den Kopf nicht, und als sie am Ende des Korridors war, als sie die Klinke herunterdrückte, um die schwere Eisentür zu öffnen, spürte sie, daß sich alles erledigt hatte...

3

Ja, es hatte sich alles erledigt, und nachdem dies geschehen war, stand auch der Garderobier, so wie sie es vorausgesagt hatte, neben ihrem Stuhl. Der Stuhl, das spürte sie sofort, hatte immer noch die Tendenz zu zerbrechen, und immer noch, daran hatte sich also nichts geändert, mußte sie umsichtig sein, wenn sie sich nach vorn beugte oder wenn sie die Hand ausstreckte, um den Saum, der sich verfangen hatte, wieder zu lösen. Aber sie beugte sich weder nach vorn, noch griff sie nach dem Kostüm. Sie bemerkte, wie endgültig die Nähe des Garderobiers war, und sie war durchaus nicht sicher, wer ihr und auf so sanfte Weise durch die Eisentür geholfen hatte.

›Er könnte es gewesen sein‹, dachte sie, sah auf die Ärmel seiner Joppe, und der Zuschauerraum, den sie vor Augen hatte, schien hinter den Rängen, dort, wo der doppeltürige Einlaß in einem Halbrund die Mitte bildete, irgendwie transparent zu sein. Vor der Rampe sah sie das Mädchen auf- und abgehen, wunderte sich, daß es sich dort überhaupt aufhielt, und es hielt, wie gewöhnlich, den Kopf leicht gesenkt, als hätte es einen Kummer zu verbergen. Oder täuschte sie sich? Hatte es lediglich ein schlechtes Gewissen?

»Da sind Sie endlich«, rief sie, aber zwecklos, das Mädchen schien nicht darauf zu achten, und in der Mitte des Zuschauerraums saß der Dichter, eine riesige Chrysantheme im Knopfloch. Erschöpft, aber mit einem Ausdruck vollkommenen Glücks lehnte er, als würde er noch den Beifall hören, in seinem Sessel, und er fuhr sich, was doch ihre Gewohnheit war, mit der Zunge über die Lippen. Das Mädchen reichte ihm ein Glas, und es goß erst einen Schluck Whisky, dann kühles, perlendes Wasser aus einer Plastikflasche ein.

›Jetzt trinkt er meinen Whisky. Auch daran kann man ersticken‹, dachte sie, und als wäre dies ihre ganze Genugtuung, wünschte sie, daß dem Dichter alles, was er eben noch geschluckt und was er aus vollem Herzen genossen hatte, im Hals zu plötzlichem Eis gefror. Immer noch konnte man, es war wie ein Hintergrundrauschen, den Beifall hören und wie er sich aus den Wänden und Kulissen nur zögernd zurückzog. ›Er muß ungeheuerlich gewesen sein‹, dachte sie, und es war also möglich, daß man jenem dort, der wie ein Zwerg wirkte und der mit seinen kurzen Beinen vor Vergnügen strampelte, ebenso zujubelte wie ihr!

›Man hat mich nicht vermißt‹, dachte sie. Der Dichter beugte sich über ein Stück Papier, in raschem Zickzack und Zeile für Zeile setzte er seine, wie er selbst zugab, sinnlosen Sätze. Irgendwann sah er auf, tippte mit dem Finger gegen das beschriebene Blatt, und mit einer Miene, als hätte auch sie Grund zufrieden zu sein, nickte er ihr zu.

›Wie soll es jetzt weitergehen‹, dachte sie, und es kam ihr vor, als befände sie sich mit jenen, von denen sie sich unbeachtet fühlte, im Streit. Das Mädchen war treulos, aber vor allem ihn, den Dichter, wollte sie zur Rede stellen. Worte flogen hin und her, in der Absicht, sich gegenseitig zu verletzen. Er wollte ihre Vorwürfe nicht gelten lassen, und auch über den Zustand, in dem sie sich befand, wollte er nichts sagen, außer vielleicht, daß dies der Lauf der Dinge sei, und zum Schluß, als müsse er den Streit beenden, rief er: »Dem Mimen flicht die Nachwelt keine Kränze!«

Noch einmal faßte sie Mut, so etwas wie Zuversicht, daß es ihr doch noch gelingen könnte, dem Dichter, der gähnenden Leere um sich her und dem Mädchen, ja warum nicht, auf energische Weise zu widersprechen. Und so tat sie, als hätte sie alles zur Verfügung: das Feuerzeug, mit dem sie einen Halbkreis in die Luft malte, die brennende Zigarette, den Rauch, den sie tief in die Lungen zog. Auch war da die gewohnte, erfolgsichernde Bewegung mit der Hand und noch etwas, worüber sie staunte und was ihr augenblicklich, um diese Geste zu bereichern, eingefallen war. Als wäre es eine Beschwörung und als sei sie sicher, daß ihr Vortrag den Zuschauerraum auf der Stelle wieder füllen würde, begann sie zu flüstern, gab ihrer Stimme allmählich Kraft, bis sie zuletzt etwas Forderndes in das Halbrund hineinrief. Sie spürte, es hätte als erneuter Beweis ihrer nie ermüdenden Meisterschaft gelten können, aber nichts geschah. Nur ein Echo, da sie so laut war, konnte sie deutlich hören. Gähnende Leere im Parkett, und wieder bemerkte sie, daß es hinter den Rängen, dort, wo der doppeltürige Einlaß in dem Halbrund die Mitte bildete, irgendwie transparent war. Neben ihr stand immer noch der Garderobier. Sie wollte ihn etwas fragen. Es kam nicht dazu. Sie versuchte, ihm ins Gesicht zu sehen, aber da er so nahe bei ihr war, konnte sie, wie sehr sie sich auch bemühte, nichts erkennen. Nur die Joppe wirkte, vielleicht aus diesem engen Blickwinkel heraus, überlebensgroß. Wie ein Schatten, der sich nach oben hin verlor, ragte es neben ihr auf, und sie wunderte sich, daß ihr dies, obwohl es wie eine Bedrohung wirkte, nicht unangenehm war. Alles, was sie vor Augen hatte, schien sich zu wiederholen. Da war das Mädchen, das vor der Rampe auf- und abging, und das leichte Kratzen mit dem Füllfederhalter, das der Dichter beim Schreiben erzeugte. Aber da es immer dasselbe war, entstand der Eindruck von Stillstand.

›Dies wird es wohl sein‹, dachte die große alte Dame und war bereit, eine Ewigkeit darin zu verweilen.

Die Postwurf-sendung

Ich habe es aufgegeben, täglich durch den Garten spazierenzugehen. Nicht, daß es mir nicht mehr möglich wäre, aber es gefällt mir, einfach so dazusitzen, und solange der Kühlschrank voller Vorräte ist, wäre es unnötig, sich irgendwelche Gedanken zu machen. Ich trinke meinen Kaffee. Ja, der Kaffee gibt mir ein Gefühl von Ausgeglichenheit, obwohl ich natürlich weiß, daß er mich aufputscht und daß das leichte Kribbeln in den Fingern und die roten Flecken an den Schläfen der Wirkung des Koffeins zuzuschreiben sind. Hin und wieder klopft es gegen meine Tür. Ich höre die Klappe am Briefschlitz und eine Postwurfsendung, einer dieser bunten Prospekte fällt auf die Holzdielen des Korridors. Es ist nichts weiter, immer nur billige Verlockungen auf liftdurchzogene Schneefelder oder auf weiße, von Palmen bestandene Sandstrände hinaus. Diese Gegenden, denke ich, hast du nie betreten. Und das ist gut so. Denn seit ich umgezogen bin, immerhin in eine der ruhigsten und begehrtesten Gegenden Berlins, kommt es mir vor, als hätte sich die Welt ohnehin auf einen Punkt zusammengezogen.

Und dann... Ich habe mir zwei große Lautsprecher aufstellen lassen. Sie sind nicht besonders schön, so daß ich sie hinter der Gardine versteckt halten muß, aber sie vermitteln mir den Eindruck, als wäre da eine Bühne und als könnte ich der großen Inge Thorborgsen zuhören, wenn sie den Contralto aus Mahlers *Lied von der Erde* singt. Ich habe dasselbe getan, früher einmal, sicher nicht mit dem gleichen Erfolg, und ich weiß diese Stimme, die ich mit dem Zapper herbeiholen und wieder zum Verschwinden bringen kann, sehr wohl einzuschätzen. Ich werde es auch heute wieder versuchen, aber später. Jetzt, da es noch früh am Tag ist, möchte ich lieber in den Garten hinaussehen. Es wachsen auch dort wieder, früher als sonst um diese Jahreszeit, die Schatten aus den Baumkronen, und sie kommen nicht aus der Niederung, aus den Jasmin- oder Viburnumsträuchern zu mir herauf, nein, immer nur aus dem Laub des oberen Astwerks. Wir haben hier, neben Kiefern, ganz besonders hohe Buchen, und wenn ich das Fenster öffne, könnte ich auf eine Art Loggia hinaustreten, um alles im Blick zu haben. Wie heißt es doch nach dem Morendo der Baßklarinette?

Hören Sie? Da ist wieder jemand an meiner Tür, und wieder wird etwas durch den Briefschlitz geschoben. Ich will nicht ausschließen, daß ich mich gelegentlich irre und daß die Zugluft ähnliche Geräusche erzeugt. Aber meist liegen dann doch neue Prospekte auf den Holzdielen des Korridors, und mitunter kommt es mir vor, als lohnte es sich, obwohl ich keinerlei Interesse habe, darin zu blättern. Neulich sah ich, gleich auf dem Deckblatt, groß aufgemacht, eine Abbildung des Ruppiner Sees. Auch die Klosterkirche war zu sehen und der Laufsteg zu den Dampfern. Stellen Sie sich vor, ich habe in etlichen Opernhäusern gesungen und wurde doch in einer Gegend geboren, in der man lediglich eine Rohrdommel oder einen Kranich vor Augen hatte. Ich will nicht übertreiben, der weitläufige Marktplatz von Neuruppin ist schön, und es stehen dort herrschaftliche Fassaden, aber keine hundert Schritt darüber hinaus und man endet im Schilf oder inmitten einer überschwemmten Wiese und kann sich vor Binsen nicht retten. Ich habe dergleichen nie gemocht und habe keinen Grund, darüber nachzudenken. Es wäre auch vermessen, diese sumpfige Gegend mit jener Landschaft zu vergleichen, die man nie gesehen, aber immer und immer wieder besungen hat. Ich meine Mahlers *Lied von der Erde* und die unvergleichliche Stimmung, die da heraufbeschworen wird.

Im übrigen beunruhigt es mich, daß ich ohne Digitalis nicht mehr auskommen kann. Dreimal täglich muß ich irgendwelche Tabletten schlucken, und wenn ich es vergesse oder, was jeder verstehen kann, wenn mein Selbstgefühl sich dagegen wehrt, von Stimulanzien abhängig zu sein, dann werde ich mitunter unfähig, die wenigen Schritte bis zur Tür zu gehen. Anfangs war es mir nicht unangenehm zu wissen, daß ich jetzt ein Alter erreicht habe, in dem ein Pillendöschen nötig wird, und ich habe auch nichts unversucht gelassen, mir ein besonders schönes Stück auszusuchen. Der Deckel ist mit Perlmutt belegt, und ich hatte, immer wenn ich danach griff, das Bedürfnis, den Vorgang zu zelebrieren. Je älter ich werde, dachte ich, desto mehr Stil habe ich nötig, und es war mir ein Vergnügen, den Deckel vorsichtig auf- und zuzuklappen, bevor ich alles wieder in das Schreibtischfach zurückschob. Jetzt wird mir übel, wenn ich das Zeug auch nur sehe, und nur auf Spaziergängen oder wenn ich etwas Besonderes esse, werde ich abgelenkt, und das Pillendöschen liegt unbenutzt irgendwo herum. Ich drücke die Tabletten aus der Aluminiumfolie und sorge lediglich dafür, daß das Glas für das Wasser regelmäßig gespült wird.

Ja, ich erinnere mich: Wenn ich diese Stelle hinter mir hatte, es kam noch der Auftakt der ersten Harfe, dann hatte ich das Gefühl, das Schwierigste wäre überstanden. Und was hätte ich darum gegeben, wenn es mir gelungen wäre, so wie der großen Thorborgsen, jedes weitere Espressivo zu vermeiden. Wenn ich die Lautsprecher in der richtigen Balance halte, also das Orchester von links, die große Thorborgsen mit aufgedrehten Bässen von rechts her, dann wird etwas hörbar, etwas, ja wie soll ich es beschreiben, das mir selbst, bei aller Anstrengung, nie gelungen ist.

Ich hätte doch aus dem Haus gehen müssen. Mir fällt ein, die Vorräte im Kühlschrank sind überfällig. Auch der Kaffee in der Tüte hat sein Aroma verloren. Man riecht sonst förmlich den frischen

Duft aus der Rösterei. Und die Tabletten... Ich gestehe, daß ich lange nicht mehr beim Arzt gewesen bin. Ich habe nur noch diese eine Folie hier, und doch muß ich darauf achten, daß ich mobil bleibe, schon um die Lautsprecher, wenn es nötig sein sollte, zu verrücken. Und man muß die Wohnung sauberhalten. Bis auf das Fensterputzen, das erledigt eine Hilfe, mache ich die Dinge immer noch selbst.

Ja, die große Thorborgsen. Sie ist inzwischen gestorben. Wenn ich mich nicht irre, ist es dreizehn Jahre her, und sie hat Nachrufe bekommen, die Zeitungen waren voll davon. Sie war hochgewachsen und schmalgliedrig, und wenn sie vor dem Orchester stand, hatte sie, bevor der Einsatz kam, die Angewohnheit, den Kopf zu neigen. Immer etwas seitwärts und als wäre da etwas zu beachten, das ihr Kraft gab und sie befähigte, auf so unverwechselbare Weise überzeugend zu sein. Wie die Callas konnte sie sich vor dem Publikum verneigen, wobei sie, um ihre Bescheidenheit anzudeuten, die Handflächen, wie die Inder es tun, gegeneinanderlegte. Ich dagegen mußte darauf achten, daß ich lange Kleider und Röcke trug, um meine Beine zu verbergen. Und die Hüften... Mein Gott, ich habe nichts unversucht gelassen, um wenigstens dort schlanker zu erscheinen, und wenn ich mich verneigte... Ja, wie verneigt man sich, wenn man etwas verbergen muß. Ich habe immer nur gelächelt, und im Lächeln, das kann ich ruhigen Gewissens sagen, bin ich meinem Publikum nichts schuldig geblieben.

Des Abschieds dar. Er fragte ihn, wohin
Er führe und auch, warum es müßte sein.

Er sprach, seine Stimme war umflort:
Du, mein Freund,
Mir war auf dieser Welt das Glück nicht hold!

Wohin ich geh? Ich geh, ich wandre in die Berge.
Ich suche Ruhe für mein einsam Herz.

Und mit dem Singen ist es letzten Endes so. Es braucht eine gewisse Willkür und darf nicht allzu genau sein, sonst erkennt man nicht, worauf das Ganze hinauswill. Darüber habe ich mit meinen Dirigenten oft gestritten. Wie, habe ich gefragt, soll ich dieses dreimalige, langgezogene »ewig«

singen? Wie einen Abschied, wie ein Vergehen, hat man mir geantwortet. Aber der Text, dies war nun wieder meine Meinung, weist darauf hin, daß hier das ewige Blühen der Erde gemeint ist, »allüberall und ewig«. Trotzdem, so wurde mir geantwortet, der Text ist unmißverständlich, und doch ist etwas anderes gemeint. Es kränkt mich, wenn ich daran denke, daß die große Inge Thorborgsen, würde sie jetzt an meiner Stelle hier sitzen, nie, nein niemals zwei Lautsprecher aufgestellt hätte, um meine Stimme zu hören.

Hören Sie? Da ist wieder jemand an meiner Tür, und wieder wird etwas durch den Briefschlitz geschoben. Ich will nicht ausschließen, daß ich mich gelegentlich irre und daß die Zugluft ähnliche Geräusche erzeugt. Aber das sagte ich bereits. Auch daß ich Grund habe anzunehmen, man hätte mir den gleichen Prospekt schon mehrmals durch den Briefschlitz geworfen. Der Briefträger kann es nicht gewesen sein. Sie müssen wissen, daß er mir, seit ich in diese Gegend gezogen bin, keinen persönlichen Brief mehr ausgehändigt hat. Sicher liegt es daran, daß ich vergessen habe, meinen Freunden und Bekannten die neue Adresse mitzuteilen.

Auf dem Prospekt, ich meine, wenn ich mich jetzt erheben würde, um nachzusehen, ob eine Ansicht des Ruppiner Sees auf den Holzdielen des Korridors liegt, und gesetzt den Fall, es wäre tatsächlich so, auf dem Prospekt, den man mir immer wieder zukommen läßt, sind nicht nur die Kirche und der Steg zu den Dampfern, sondern auch die Mauer, die die Kirche einschließt, zu erkennen. Sie war brüchig, und es gab da, soweit ich mich erinnern kann, zwei Torbögen, durch die ich hindurchtreten mußte, wenn mich mein Vater von einer Dampferfahrt abholte. Es war der kürzeste Weg über die Wiese zur Straße hinauf, die auf den Marktplatz führte. Ich hatte auch eine große Leidenschaft, bevor ich diese Gegend endgültig verließ. Mein Gott, vielleicht haben wir beide unter einem der Torbögen gestanden. Was tut man nicht alles, wenn man noch nicht weiß, wie verlockend einem die Welt offensteht.

Auf einem der Pfähle, die die Fischer für ihre Netze benutzten, saß ständig ein Graureiher, und der Himmel dahinter war lila, so viel wüßte ich noch zu sagen. Und auch, daß der Torbogen, in dem man auf mich wartete, kaum Platz bot, wenn ich mit hinzutrat, so daß wir irgendwann auf die Wiese hinausmußten. Und immer habe ich ihn auf Distanz gehalten, indem ich, wenn er mich umarmen wollte, beide Fäuste in seine Brust bohrte. Er war besonders groß, aber sein Gesicht… Es quält mich, daß ich es vergessen habe. Nicht, weil ich einem Verlust nachtrauern würde. Später gab es Liebhaber genug, von denen ich immer noch weiß, wie sie aussahen. Hätte ich heiraten sollen? Dazu hatte ich keine Zeit. Ich war ununterbrochen mit meiner Karriere beschäftigt, und wenn ich gefeiert wurde, was oft genug vorkam, mein Gott, was hätte es anderes geben können als Ovationen und das ewige Scheinwerferlicht. Es war wie ein Rausch, beinahe über Jahrzehnte hinweg, und heute erst kommt es mir vor, als wäre da noch etwas anderes gewesen, etwas, das vage und unbestimmt blieb, und wenn ich Gelegenheit hätte, den Prospekt nochmals zu betrachten, vielleicht würde mir einiges wieder einfallen.

Was habe ich eben gesagt? Ja, dann kam die Welt der Konzertsäle und Opernhäuser. Es ist merkwürdig, daß man sich an Dinge erinnert, die sich nicht gelohnt haben, und an Dinge, die sich gelohnt haben, erinnert man sich nicht mehr. Seit man versucht, mir diese Postwurfsendung durch den Briefschlitz zu schieben… Was ist das, denke ich. Ich habe keinen Grund, mir Sorgen zu machen. Schließlich bin ich, weil ich es mir leisten kann, in diese Gegend gezogen. Ich habe mich mit

Dingen umgeben, deren Anblick mir Vergnügen bereitet, und ich habe diese beiden Lautsprecher bei mir, um mich, es ist eine Aufnahme der Stockholmer Oper, daran zu erinnern, wie unvergänglich die Triumphe sind, an denen ich beteiligt war.

Mein Gott, was einem im Leben alles so wegbricht! Sicher, was sind zwei zu eng gehaltene Torbögen und eine brüchige Mauer gegen die Stockholmer Oper. Dergleichen kommt überhaupt nicht in Betracht, und ich habe, was mir dort verlorenging, bei Mahler hundert-, nein tausendfach wiedergefunden. Warum also grüble ich darüber nach!

Es müßte noch einige Fotos geben. Mein Vater hat, wenn er in Laune war, mit einer Leica Aufnahmen gemacht. Sie müßten dort unten in der Schublade der Kommode wiederzufinden sein. Oder gehe ich nicht doch lieber in die Küche und trinke ein Glas Wasser? Es würde mich beruhigen.

Die Stockholmer Oper hatte viele Treppen, und man mußte, um von der Garderobe auf die Bühne zu gelangen, einen Wirrwarr von Gängen überwinden. Anfangs habe ich mich verirrt, aber dann, nach zwei, drei Wochen, hätte ich den Weg zwischen den weißgetünchten Wänden auch im Schlaf finden können. Und das Scheinwerferlicht war immer etwas zu grell, so daß man Zeit brauchte, sich daran zu gewöhnen. Aber was rede ich da, man konnte nicht genug davon bekommen, und die übergroße Helligkeit und der herzliche, nie endenwollende Beifall, das war es schließlich, was Stockholm auszeichnete. Oder irre ich mich? War es am Ende Wien oder Stuttgart?

Hören Sie? Da ist jemand an meiner Tür. Aber es nützt nichts. Ich habe alles mit Leukoplast verklebt. Anfangs war da nur ein Zettel mit der Bitte, mich nicht zu belästigen, aber man weiß doch, wie hartnäckig diese Burschen sind. Oft gehen sie zu ihrem Handwagen zurück, um alles, was für mich bestimmt ist, nochmals zu sortieren. Und wenn der erste Versuch mißlungen ist, wer weiß, vielleicht klappt es beim zweiten Mal, da ich das Leukoplast mitunter recht nachlässig über den Briefschlitz klebe.

Die große Thorborgsen hat vor allem in London

gesungen, und auf den ersten Blick wirkte sie, als käme da nur ein Koloratursopran zustande. Wie zu einer Perlenschnur, dachte man sich, wird diese Person ihre höchsten und äußerst zerbrechlichen Töne aneinanderreihen, aber dann... Sie hatte eine derart tiefe und volltönende Stimme, daß sie selbst Violoncello und Kontrabaß in ihrem schwermütigen Schleppen übertraf. Wie die Callas konnte sie sich vor dem Publikum verneigen, wobei sie, um ihre Bescheidenheit anzudeuten, die Handflächen, wie die Inder es tun, gegeneinanderlegte. Aber das sagte ich bereits.

Wenn ich mich doch nur an das Gesicht unter dem Torbogen erinnern könnte! Eines weiß ich sicher zu sagen, daß er bemüht um mich war und daß mir dies gefiel und daß wir unendlich viel Zeit miteinander hatten. Mit der Thorborgsen habe ich nur zwei-, dreimal flüchtig gesprochen. Man war in Eile, jeder hatte seinen Part einzustudieren, und es ist keinesfalls ihre Schuld, daß ich, solange ich neben ihr stand, das Gefühl hatte, überflüssig zu sein. Ob sie allerdings immer ein erhebliches Stück besser als ich war, will ich nicht beschwören. Man singt, bemüht sich, technisch, das weiß ich genau, war alles perfekt, und es gab niemanden, der die Vorgaben, den Wechsel zwischen piano und espressivo, besser und genauer, als ich es tat, erfüllen konnte.

Aber diese Dinge sind jetzt ohne Belang. Was man vergißt, kann man nicht mehr benennen, und was man ununterbrochen benennt, interessiert einen letzten Endes nicht mehr. Das Wetter schlägt wieder einmal um. Die Schatten werden länger, oder es scheint nur so, weil es draußen diesig wird. Die Viburnumsträucher sind kaum noch zu erkennen, und ein kühler Wind weht von den Bäumen, ich meine, aus dem oberen Astwerk, zu mir durchs offene Fenster. Ich sollte mir das Wolltuch um die Schultern legen...

Ja, diese Schatten. Man muß sehen, wie man damit fertig wird. Gesetzt den Fall, es würde niemandem mehr gelingen, mir eine Botschaft durch den Türspalt zu schieben, gesetzt den Fall, mir wäre jedes Gesicht, ob unter dem Torbogen oder anderswo, inzwischen gleichgültig geworden, dann bliebe immer noch jenes, das aus dem Garten zu mir heraufwill. Was es genau ist, wüßte ich nicht zu sagen. Es sind eben Schatten. Eine gewisse Kühle, die ich als angenehm empfinde, und was gibt es Schöneres, als unter dem Schutz hoher Bäume, besonders in der warmen Jahreszeit, spazierenzugehen. Man atmet besser, entzieht sich, wenn die Augen schmerzen, einer allzu großen Helligkeit.

Im Augenblick ist alles still. Man verteilt keinerlei Prospekte mehr. Was war es doch, was ich in Mahlers *Lied von der Erde* zu singen hatte? »Ich werde niemals in die Ferne schweifen«, und dieses »niemals« ging über einen hohen Bogen hinweg. Es endete in dem Dolcissimo der ersten und zweiten Violine. Aber halt, das kam später und war schon die Überleitung zum Ende hin. Was folgte, war ein ununterbrochenes Harfenspiel, daraus konnte man sich nicht mehr befreien. Die große Thorborgsen, das muß man sagen, war hier ganz und gar unvergleichlich. Wenn Sie Lust und Geduld haben und wissen wollen, was ich meine, dann schalte ich jetzt die Lautsprecher ein. Sie sang das Ganze in einer Stimmung, als wäre sie darauf aus, jenes Endgültige, Unwiderrufliche an sich selbst zu vollziehen. Gestorben ist sie, wie ich gelesen habe, vollkommen heiter, obwohl sie erst vierundfünfzig Jahre alt war. Zu ihrem Begräbnis kam ich zu spät, und die Menschenmenge war derart unübersehbar, daß es mir nicht gelang, in die erste Reihe vorzudringen. Erstaunlich. Ich bin um einiges älter, aber ich wäre nie einverstanden, daß es mit mir ein Ende haben möge, und es ist nicht zu vermuten, daß ich, wie sie, beim Verlassen eines Zuges derart unglücklich stürze. Ich bin immer besonders vorsichtig gewesen, und vielleicht ist dies der Grund, daß ich nicht weiß, wie lange ich hier sitzen werde, um darauf zu achten, ob wieder eine Postwurfsendung auf den Holzdielen des Korridors landet.

Die Erstausgabe
erschien 1996 im Diogenes Verlag
Umschlagillustration:
Pablo Picasso, ›Geige und Musikblatt‹, 1912

*Ich bedanke mich für die
Mitarbeit meiner Frau*

Veröffentlicht als Diogenes Taschenbuch, 2001

www.diogenes.ch
40/01/8/1
ISBN 3 257 23296 9

Hartmut Lange

Der Herr im Café

Drei Erzählungen

Diogenes

Diogenes Taschenbuch 23296

de
te
be